Ullstein Krimi

Ullstein Krimi
Ullstein Buch Nr. 10590
im Verlag Ullstein GmbH,
Frankfurt/M – Berlin
Titel der amerikanischen
Originalausgabe:
Everybody's Watching Me,
The Girl Behind the Hedge
und Kick it or Kill

Neuauflage
des Ullstein Krimis 1166

Umschlaggestaltung:
Hansbernd Lindemann

Printed in Germany 1988
Gesamtherstellung:
Ebner Ulm
ISBN 3 548 10590 4

Mai 1988

Vom selben Autor
in der Reihe
der Ullstein Bücher:

Gangster (10581)
Das Unding (10582)
Die Mädchenjäger (10583)
Sexbomber (10584)
Die Schlange (10585)
Der Delta-Faktor (10586)
Der Tiger ist los (10587)
Blut in der Sonne (10588)
Unter drei Augen (10589)

CIP-Titelaufnahme
der Deutschen Bibliothek

Spillane, Mickey:
Wo Aas ist / Mickey Spillane.
Übers. von Will Helm. –
Neuaufl. d. Ullstein-Krimis 1166. –
Frankfurt/M; Berlin: Ullstein, 1988
(Ullstein-Buch; Nr. 10590: Ullstein-Krimi)
ISBN 3-548-10590-4
NE: GT

Mickey Spillane

Wo Aas ist

Übersetzt von Will Helm

Ullstein Krimi

INHALT

DIESE STADT GEHÖRT MIR

Ich gab dem Kerl den Zettel und bekam dabei ein bißchen Gänsehaut. Er war nämlich groß und breit wie ein Schrank, und obwohl er einen Bauch vor sich her trug, den man mit den Armen nicht umfassen konnte, so konnte man sich andrerseits auch kaum vorstellen, daß sich eine Faust da hineinvergraben ließ. Der Bauch war so hart wie der ganze Kerl, nur sein Gesicht war noch ein paar Grade härter.

Und dann erfuhr ich, wie hart auch sein Handrücken war, denn er zog ihn mir übers Gesicht, und ich schmeckte Blut, weil die Zähne mir innen die Wange aufgerissen hatten.

Vielleicht wußte der Mann, der mich am Arm festhielt, daß ich gar nicht reden konnte. Jedenfalls sagte er: »Jemand hat ihm einen Fünfer gegeben, damit er den Wisch herbrachte, Boss.«

»Wer war das, Junge?«

Das Blut lief mir übers Kinn, aber ich gab acht, daß es nicht auf den Boden tropfte. »Gott ja, Mr. Renzo...«

Seine Hand klatschte wieder satt und dumpf auf meine Wange. Das Dröhnen in meinen Ohren wurde lauter, und im Schädel hämmerte ein stechender Schmerz.

»Vielleicht hast du eben nicht richtig zugehört, Junge. Also: wer?«

Die Hand ließ meinen Arm los, und ich fiel um. Ich wollte es nicht, aber ich hatte eben keine Beine mehr. Meine Augen funktionierten jedoch noch, sie registrierten polternde Gegenstände, die näherkamen und mir Dellen in die Rippen zu bohren schienen, aber seltsamerweise fühlte ich überhaupt nichts davon.

Die andere Stimme sagte: »Er ist weggetreten, Boss. Der sagt kein Sterbenswörtchen mehr.«

»Ich bring ihn schon zum Reden.«

»Das hilft uns auch nichts. Jemand hat ihm 'nen Fünfer gegeben, damit er einen Zettel überbringt. Mehr weiß er bestimmt nicht. Für so 'nen Jungen ist ein Fünfer 'ne Menge Geld. Er guckt auf den Schein und nicht auf den Mann.«

»Du wirst auch jeden Tag schlauer«, sagte Renzo.

»Dafür werde ich schließlich bezahlt, Boss.«

»Dann tu mir auch den Gefallen und denk mal scharf nach. Glaubst du, jemand vertraut so einen Zettel irgendeinem Jungen an? Einem x-beliebigen? Und glaubst du, so ein Junge verschafft sich hier Eingang, um den Wisch abzuliefern, wenn er ihn genausogut ins nächste Kanalloch werfen und mit dem Fünfer verduften kann?«

»Der Junge wird halt so etwas wie Moral haben.«

»Nein, der Junge kennt den Mann – oder der Mann kennt ihn. Er wirft sein Geld doch nicht zum Fenster raus.« Die Füße entfernten sich von mir, machten vor dem verschwommenen Umriß eines Schreibtischs halt. »Hast du's gelesen?« fragte Renzo.

»Nein.«

»Dann hör zu: ›Cooley ist tot. Und jetzt, du fettes Aas, mache ich dich mitten in deinem eignen Nest kalt.‹« Renzo verstummte. Er zog heftig an seiner Zigarre, dann fügte er hinzu: »Unterschrieben ist es auch – mit ›Vetter‹.«

Durch die Stille schwangen ungesprochene Worte. Man fühlte sie, nachdem der Name gefallen war. Dann flüsterte der andere: »Verdammte Schweinerei! Waren die beiden am Ende Kumpels, Boss?«

»Wen juckt das? Wenn der Kerl sich hier sehen läßt, breche ich ihm das Genick. Vetter, Vetter, Vetter. Wohin man kommt, kriegt man diesen verfluchten Namen zu hören.«

»Seien Sie doch vernünftig, Boss. Sie werden sich doch mit diesem Kerl nicht anlegen. Er hat doch schon genug Leute auf dem Gewissen. Er ist...«

»Ist er etwa mehr als ich? Meinst du, ich werd' mit dem nicht fertig?«

»Fragen Sie mal rum, Boss, man wird's Ihnen erzählen.

Dieser Mensch geht dem Teufel vor die Haustür. Er legt Sie schon um, wenn Sie ihn nur mal scharf ansehen.«

»Vielleicht in seinem Revier. Aber hier nicht, Johnny, hier nicht. Diese Stadt gehört mir. Hier läuft alles, wie ich will – und Vetter wird es genauso gehen wie Cooley.« Er zog wieder an der Zigarre, und ich konnte den Rauch schnuppern. »Wer mich übers Ohr hauen will, wird umgelegt. Cooley spielt schon an meinen Tischen keine schlauen Tricks mehr aus, und es wird nicht lange dauern, dann können die Bullen auch Vetter von ihrer Liste streichen.»

»Wie Sie meinen, Boss. Ich werd's in Umlauf bringen. Jemand wird schon wissen, wie der Kerl aussieht.« Er hielt inne, dann meinte er: »Und was wird aus dem Jungen?«

»Der ist unser Köder, Johnny.«

»Der?«

»Du bist doch nicht so schlau, wie ich gedacht habe. Du solltest deine Ohren besser aufsperren, dann hättest du schon mehr über Vetter gehört. Er läßt sich nicht lumpem, dieser Auftrag war ihm einen Fünfer wert – aber er wird sich auch vergewissern, daß sein Zettel tatsächlich angekommen ist. Den Jungen mit seinem verbeulten Gesicht kann er ja auch gar nicht verfehlen. Und sobald er sich mit ihm in Verbindung setzt, haben wir ihn. Weißt du was, Johnny? Vetter will ich ganz langsam erledigen. Wenn die Polizei ihn danach findet, wird sie ganz schön aus dem Häuschen sein. Aber sie wird nichts unternehmen, denn die sind selber froh, wenn Vetter erledigt ist. Aber die Sache wird sich rumsprechen, verstehst du? Wer Vetter schafft, der muß so viel draufhaben, daß sich keiner mehr mit ihm anlegen will. Kapierst du jetzt, Johnny?«

»Na klar, Boss, ich begreife. Machen Sie's selbst?«

»Ich allein, mein Junge, ich ganz allein. Wie Helen immer meint – wenn ich mir mal was vorgenommen habe, dann muß das einfach klappen. Vetter ist ein Fall für mich. Und wenn er noch so groß und schnell ist, das hilft ihm alles nichts.«

Es hörte sich an wie bei meinem alten Herrn, wenn der sagte, jetzt werde er etwas tun – und wir wußten genau, daß er's auch tat. Dann sahen wir ihn mit einer Mischung aus Furcht und Respekt an, und genauso mußte Johnny in diesem

Augenblick Renzo angeschaut haben. Ich hörte es aus seiner Stimme heraus, als er sagte: »Sie schaffen das schon, Boss. Die Stadt wird Ihnen gehören, mit Mann und Maus.«

»Sie gehört mir jetzt schon, Johnny, vergiß das nie. Und nun weck den Jungen auf.«

Diesmal fühlte ich etwas, und es schmerzte. Die Hand, die klatschend mein Blickfeld klärte, brachte auch das Blut in meinem Mund wieder zum Fließen. Ich schluckte und japste nach Luft.

»Wie hat er ausgesehen, Junge?« Die Hand kam wieder, dann trat Renzo einen Schritt näher, packte mich am Revers und hievte mich hoch.

»Ich hab' dich was gefragt. Wie hat er ausgesehen?«

»Er war ... groß«, sagte ich. Der verdammte Schuft würgte mich wieder, und am liebsten hätte ich was auf seinem Kopf zerschlagen.

»Wie groß?«

»Wie Sie. Größer als einsachtzig. Und schwer.«

Renzos Lippen verzogen sich zu einer Grimasse. »Weiter. Was hat er für ein Gesicht?«

»Weiß ich nicht. Es war doch dunkel. Ich konnte nicht viel von ihm sehen.«

Er schleuderte mich weg, quer durchs Zimmer; mit dem Rücken prallte ich an eine Wand, dann sank ich zusammen.

»Renzo belügt man nicht, Junge. Wenn du älter und stärker wärst, würde ich dich auseinandernehmen, bis du redest. Und so viel ist ein Fünfer schließlich nicht wert. Also, jetzt erzählst du mir, was ich wissen will, und vielleicht springt sogar noch was für dich raus dabei. Nun?«

»Ich – ich weiß doch nicht. Ehrlich, ich ... wenn ich ihn ja noch mal zu Gesicht bekäme...« Die Schmerzen überwältigten mich wieder, und es verschlug mir die Stimme.

»Du würdest ihn wiedererkennen?«

»Ja.«

Johnny fragte: »Wie heißt du denn, Junge?«

»Joe Boyle.«

»Wo wohnst du?« Das war wieder Renzo.

»Gidney Street«, antwortete ich. »Nummer drei.«

»Und wo arbeitest du?«

»Bei Gordon. Ich ... schiebe.«

»Was meint er damit?« Renzos Stimme hatte einen häßlichen Unterton.

»Gordon ist Lumpenhändler«, antwortete Johnny für mich. »Er hat einen Lagerplatz an der River Street. Der Junge fährt mit einem Handwagen herum und sammelt Alteisen und solches Zeug.«

»Prüf das nach«, sagte Renzo. »Und dann laß ihn nicht aus den Augen. Du weißt, was du zu tun hast.«

»Er geht mir schon nicht durch die Lappen, Boss. Der Junge wird immer greifbar sein, wenn wir ihn brauchen. Glauben Sie, daß Vetter es wirklich ernst meint?«

»Passiert nicht alles so, wie ich's voraussage? Und jetzt schaff ihn hier raus. Den Fünfer hat er sich wirklich sauer verdient.«

Wenn einem alles überall furchtbar weh getan hat, dann schmerzt es einen schließlich überhaupt nicht mehr. Ich fühlte noch, wie ich stürzte, wie mein Fuß an einem niedrigen Zaun hängenblieb, ich konnte noch die Schlacke schmecken, als ich mit dem Gesicht auf den Weg schlug – dann lag ich da wie durch die Mangel gedreht, wartete, daß die Schmerzen wiederkämen, und gab ganz gegen meinen Willen seltsame Geräusche von mir. Mein Magen wollte sich von mir trennen, aber wir hatten beide nicht die Kraft dazu, und so blieb ich nur einfach liegen und verfluchte Kerle wie diesen Renzo, die sich alles erlauben konnten und nie dafür zur Rechenschaft gezogen wurden.

Dann wurde es dunkel, dämmerte kurz und wurde wieder dunkel. Und als die Schwärze langsam wich, weil die Schmerzen sich erneut meldeten, da spürte ich Hände, die mir den Dreck aus dem Gesicht strichen, es duftete nach Blumen, und ich fühlte etwas Weiches. Es war eine Frau, die mich hielt und murmelte: »Du armer Junge, du armer Junge...«

Ich schlug die Augen auf und sah sie an. Sie kam mir vor wie ein Traum, wie ein Idol, das man immer nur vor sich sieht, aber nie in die Arme nehmen kann. Sie war wunderschön, goldgelbes Haar floß ihr über die Schultern und schien ihre ganze Gestalt zu beleuchten. Sie hieß Helen Troy, und ich wollte »Hallo, Helen« sagen, aber ich brachte die Worte nicht über die Lippen.

Ob ich sie kannte? Natürlich, jeder kannte sie. Sie war Renzos Hauptattraktion in seinem *Hideaway Club*, ihre Fotos hingen in der ganzen Stadt. Aber ich hätte nie geglaubt, daß ich mal den Kopf in ihren Schoß legen könnte.

Schritte näherten sich, es war einer der Männer, die am Tor standen. »Helfen Sie mir mal, Finney«, sagte Helen. »Dem Jungen muß was zugestoßen sein.«

Der Mann, den sie Finney nannte, stützte die Hände in die Hüften und schüttelte den Kopf. »Ihnen wird auch was zustoßen, wenn Sie ihn nicht da liegen lassen. Befehl vom Boss.«

Ihre Finger krallten sich in meine Schulter. Es tat weh, aber ich machte mir nichts daraus. »Renzo? Dieses Schwein!« Sie spie die Worte aus. Dann wandte sie langsam den Kopf und sah mich an. »War er das, mein Junge?«

Ich nickte. Zu mehr war ich nicht fähig.

»Finney«, sagte sie, »holen Sie meinen Wagen. Ich bringe den Jungen zu einem Arzt.«

»Helen, ich sage Ihnen doch...«

»Soll ich vielleicht der Polizei – nein, nicht der Polizei, dem FBI erzählen, daß Sie lauter Stiche im Arm haben?«

Ich dachte erst, Finney würde sie prügeln. Er hob die Hand, aber er schlug nicht zu. Wenn eine Frau einen so ansieht wie Helen, dann tut man nichts weiter als das, was sie einen heißt.

»Ich hole den Wagen«, sagte er.

Sie half mir auf die Beine, und ich mußte mich auf sie stützen, damit ich nicht wieder zusammensackte. Sie war genauso groß wie ich und im Augenblick stärker. Zerschrammte Gesichter wie meins waren für sie nicht neu, deshalb lächelte sie, und ich bemühte mich zurückzulächeln. Schritt für Schritt gingen wir zum Wagen.

Wir sagten, es sei bei einer Schlägerei passiert, und der Arzt tat, was vonnöten war. Er verband und verklebte mich, empfahl mir eine Woche Bettruhe, danach sollte ich noch mal vorbeikommen. Ich betrachtete mein Gesicht in seinem Spiegel, schüttelte mich und wandte mich schnell ab.

Helen half mir hinaus und in den Wagen, schloß die Tür und rutschte hinters Steuer. Ich nannte ihr meine Adresse, und sie fuhr hin. Auf dem Bürgersteig waren die Mülltonnen umgefallen, es stank wie die Pest.

Sie musterte mich erstaunt. »Hier?«

»Ja, stimmt schon«, antwortete ich. »Und vielen Dank für alles.«

Dann sah sie das Schild an der Tür. ZIMMER stand drauf. »Wohnt Ihre Familie denn auch hier?«

»Ich hab' keine Familie. Das hier ist eine Pension.«

Ihr Mund wurde entschlossen. »Ich kann Sie doch nicht hierlassen. Jemand muß sich doch um Sie kümmern.«

»Hören Sie, wenn...«

»Nun mal still, mein Junge. Wie heißen Sie doch noch?«

»Joe.«

»Okay, Joe. Lassen Sie mich das mal arrangieren. Im allgemeinen bin ich ja nicht viel wert, aber ab und zu tauge ich doch noch zu einem guten Werk.«

»Ich weiß gar nicht, Lady...«

»Helen.«

»Okay, Helen. Jedenfalls sind Sie der netteste Mensch, dem ich je begegnet bin.«

Ich sagte ja schon, daß sie wunderschön war. Es war diese blendende Glamour-Schönheit, die schlechthin durch nichts zu überbieten ist. Sie war schön wie ein Filmstar oder wie die tollen Mädchen im Fernsehen, die immer groß sind und immer ein bißchen schläfrig dreinschauen und die man immer nur anschauen möchte, aber natürlich nicht heiraten oder den Eltern vorstellen. Von der Art war Helens Schönheit – auf den ersten Blick. Aber dann schien sie mir noch eine andere Schönheit zu entwickeln, eine so ganz andere...

Sie lächelte mich an.

»Joe«, ihre Stimme war ein bißchen rauh, aber voll Wärme, »das war seit sehr langer Zeit das Netteste, was mir jemand gesagt hat.«

Meine Lippen taten noch immer zu weh, als daß ich hätte

zurücklächeln können, also lächelte ich nur mit den Augen. Und da passierte etwas in ihrem Gesicht, es wurde befremdet und neugierig, fast erstaunt. Sie beugte sich zu mir, und wieder stieg mir der Blumenduft in die Nase, als sich das Unwahrscheinliche ereignete und sie mich flüchtig auf den Mund küßte. Sie zog sich rasch wieder zurück, aber der nachdenkliche Ausdruck in ihren Augen blieb.

»Sie sind ein seltsamer Junge, Joe.«

Sie schaltete, der Wagen löste sich vom Bordstein. Ich versuchte mich aufzusetzen, griff nach der Tür. »Hören Sie, ich muß jetzt aussteigen.«

»Hier kann ich Sie nicht lassen.«

»Aber wo...«

»Sie kommen mit mir. Teufel, schließlich hat Ihnen Renzo das angetan, und ich fühle mich wenigstens teilweise verantwortlich.«

»Unsinn, Sie arbeiten doch nur für ihn.«

»Egal, hierbleiben können Sie nicht.«

»Sie kriegen Ärger, Helen.«

Sie wand den Kopf und lächelte kurz. »Ich hab' immer Ärger.«

»Aber nicht mit einem Kerl wie Renzo.«

»Ich werd' schon mit ihm fertig.« Und leise, daß ich's nicht hören sollte, fügte sie hinzu: »Meistens.«

Die Wohnung entsprach Helens Format. Sie lag im obersten Geschoß eines Apartment-Hotels im besten Viertel der Stadt. Zwölf Stockwerke hoch, mit eigenem Dachgarten und Panoramablick auf die flimmernden Lichter der Stadt.

Sie hieß mich alles ausziehen, und während ich mich in einem warmen Schaumbad streckte, trieb sie einen ordentlichen Anzug auf. Er war zwar eine Nummer zu groß, aber immerhin das Beste, was ich in letzter Zeit getragen hatte. Ich zog mich an und ging ins Wohnzimmer, fühlte mich schon wieder ganz passabel und nahm in einem gewaltigen Sessel Platz, derweil sie Tee servierte.

Helen of Troy, dachte ich, wie eine Göttin sieht sie aus... Andere brauchten eine Million Dollar oder eine Million Jahre, um einer Göttin so nahe zu kommen, und ich schaffte es sozusagen im Handumdrehen.

»Geht's besser, Joe?«

»Ein bißchen.«

»Möchten Sie reden? Sie brauchen aber nicht, wenn Sie keine Lust haben.«

»Da ist ohnehin nicht viel zu erzählen. Er hat mich halt auseinandergenommen.«

»Wie alt sind Sie, Joe?«

Ich wollte nicht zu hoch greifen. »Einundzwanzig«, sagte ich.

Und da war er wieder, dieser nachdenklich-neugierige Ausdruck. Ich war froh, daß mein Gesicht so zugepflastert war und sie zumindest nicht sehen konnte, ob ich log oder nicht.

Ich konterte: »Wie alt sind Sie?«

»Fast dreißig, Joe. Ganz hübsches Alter, hm?«

»Oh, nicht der Rede wert.«

Sie nippte an ihrem Tee. »Wie sind Sie eigentlich Renzo über den Weg gelaufen?«

Es tat schon weh, nur daran zu denken. »Heute abend«, sagte ich, »es war gerade dunkel geworden, da fragte mich ein Mann, ob ich für fünf Dollar jemand eine Nachricht überbringen wolle: ich sagte ja. Die Nachricht war für Mr. Renzo, und er trug mir auf, sie in den *Hideaway Club* zu bringen. Zunächst wollte mich der Kerl am Tor überhaupt nicht reinlassen, dann rief er einen anderen herbei, diesen Johnny. Und der brachte mich rein.«

»Ja?«

»Renzo drehte mich durch die Mangel.«

»Erinnern Sie sich, was auf dem Zettel stand?«

»Jemand namens Vetter drohte, Renzo umzubringen«, erklärte ich ihr.

Ihr Lächeln wurde maskenhaft. »Da muß er schon ein Mordskerl sein«, sagte sie. Und dann, fast nur zu sich selbst: »So einer könnte mir gefallen.«

»Wie bitte?«

»Nichts, Joe.« Die Härte wich aus ihrem Lächeln. »Was ist sonst noch passiert?«

Drinnen in meiner Brust schlug das Herz so rasend, als wolle es mir die Rippen sprengen.

»Ich... ich habe gehört, wie sie sagten, ich soll ihnen als Köder für Vetter dienen.«

»Sie?«

Ich nickte und fuhr mir über das schmerzende Kinn.

Sie erhob sich langsam, geschmeidig wie eine Katze. Sie war wütend, aber das merkte man erst, wenn man ihr in die Augen sah. Es waren dieselben Augen, vor denen dieser Finney gekuscht hatte. »Vetter«, sagte sie. »Den Namen hab' ich schon gehört.«

»Auf dem Zettel stand auch was über einen gewissen Cooley, der tot sein soll.«

Ich blickte auf ihren Rücken und sah, wie sich bei diesem Namen die Schultermuskeln spannten. Die Starre ergriff ihren ganzen Körper.

»Vetter«, sagte sie, »war ein Freund von Cooley.«

»Kannten Sie Cooley?«

Ihre Schultern sackten ab, sie nahm sich eine Zigarette, wandte sich um und lächelte, und wieder bemerkte ich jene Art Schönheit an ihr, die mir im Wagen schon aufgefallen war.

»Ja«, sagte Helen leise, »ich hab' Cooley gekannt.«

»Na, so was...«

Sie sprach jetzt nicht mehr mit mir. Sie redete mit jemandem, der gar nicht da war, und jedes Wort schmerzte sie. »Ich hab' Cooley sehr gut gekannt. Er war – ein liebenswerter Mensch. Er war groß, breitschultrig, und wenn er einen mit seinen kräftigen Händen packte...« Sie hielt inne und zog langsam an der Zigarette. »Seine Stimme konnte einen fröhlich stimmen – und auch zum Weinen bringen. Manchmal beides zugleich. Er war Ingenieur und konnte blitzschnell schalten. Bekam heraus, wie er an Renzos Spieltischen Geld machen konnte und tat das auch. Er lachte Renzo ins Gesicht und erklärte ihm, manipulierte Spieltische könnten von jedem ausgenommen werden, der genug davon verstünde.« Ihre Augen waren feucht. »Wir lernten uns kennen, eines Abends. Ich war noch nie einem Menschen wie ihm begegnet. Es war ganz wundervoll, aber wir waren einfach nicht füreinander bestimmt. Sie wissen ja, wie das so geht. Cooley war mit einem Mädchen aus der Stadt verlobt, mit einem Mädchen aus angesehener Familie.«

Aus der Zigarette in ihrer Hand kräuselte sich Rauch und verschleierte ihr Gesicht.

»Ich hab' ihn geliebt«, sagte sie. Sie schnippte den Zigarettenstummel auf den Teppich und trat ihn mit dem Absatz aus. »Hoffentlich bringt er ihn um!«

Ihre Blicke wanderten über den Boden, bis sie bei meinen Augen haltmachten. Jetzt waren sie wieder kalt, durchdringend, einen Moment lang neugierig, dann wieder unverbindlich. »Sie mögen Renzo nicht sonderlich?« sagte ich.

»Wie gut kennen Sie die Menschen, Joe?«

Ich gab keine Antwort.

»Sie wissen Bescheid, nicht wahr? Sie wohnen nicht gerade im besten Stadtviertel, Sie kennen die Gosse und die Leute, die da leben. In gewissem Sinn sind Sie ein Glückspilz. Sie wissen jetzt schon Bescheid, nicht erst als alter Mann. Sehen Sie mich an, Joe. Sie haben gewiß schon Frauen wie mich kennengelernt. Ich tauge nicht allzuviel. Ich sehe zwar aus, als sei ich eine Million wert, und dabei ist's nicht mal ein Cent. Man könnte mich dies und jenes nennen, und es würde sogar stimmen. Aber ich bin nicht aus freien Stücken so geworden. *Er* hat dafür gesorgt – Renzo. Gewiß, ein paar dumme Jungs mögen glauben, ich schwimme ganz oben, aber die ahnen ja nicht, was hinter den Kulissen vorgeht. Sie ahnen nicht, wozu ich gezwungen bin und mit welchem Schlag Menschen ich mich abgeben muß, weil die anderen nichts von mir wissen wollen. Und wenn doch, dann darf keine Menschenseele davon erfahren.«

»Sie sollten so was nicht sagen, Helen.«

»Mein Junge, in zehn Jahren hab' ich nur zwei anständige Kerle kennengelernt. Cooley war der erste.« Sie lächelte, und der Abscheu verschwand. »Sie sind der andere. Sie scheren sich kein bißchen drum, wie ich bin, nicht wahr?«

»Ich hab' noch nie jemanden wie Sie kennengelernt.«

»Ja?« Ihr Lächeln vertiefte sich.

»Na, Sie sind eben – schön. Ich meine, wirklich und einmalig schön. Und obendrein sind Sie reizend. Sie sind ganz so gebaut...«

»Das genügt«, sagte sie und lachte. Es war ein herzhaftes,

fröhliches Lachen und paßte prächtig zu ihr. »Trinken Sie Ihren Tee aus.«

Ich hatte ihn fast vergessen. Der heiße Tee brannte in den Rissen in meiner Wange. »Helen, ich muß jetzt nach Hause. Wenn Mr. Renzo dahinterkommt, nimmt er Sie auseinander.«

»Er wird mich nicht anrühren, Joe.«

Ich brummte zweifelnd.

»Und Sie auch nicht. Da drin steht ein Bett, legen Sie sich hin. Für heute abend haben Sie genug geredet.«

Ich wachte vor ihr auf. Mein schmerzender Rücken ließ mich nicht länger schlafen, und in meinem Kopf hämmerte das Blut. Die Uhr neben dem Bett zeigte zwanzig nach sieben. Ich schlug die Decke zurück und zog mich an.

Das Telefon stand im Wohnzimmer. Ich nahm den Hörer behutsam von der Gabel, wählte, wartete, meldete mich dann so leise wie möglich und verlangte Nick.

Es dauerte ein Weilchen, dann ertönte sein heiseres: »Ja?«

»Hier Joe, Nick.«

»He, wo steckst du, Freundchen? Ich hab' die ganze Gegend nach dir abgesucht. Gordon wird dir die Ohren langziehen, wenn du nicht bald auftauchst. Zwei andere sind auch nicht gekommen...«

»Halt die Klappe und hör zu. Ich hab' Ärger...«

»Sehr richtig. Gordon hat gesagt...«

»Das meine ich nicht, du Esel. Ist dir heute früh jemand im oder am Haus aufgefallen?«

Ich hörte ihn fast nachdenken. Schließlich meinte er: »Auf der anderen Straßenseite stand ein Wagen. Ich glaube, es saß einer drin.« Und dann: »Ja, warte mal. Jemand hat der Alten heute früh ein ziemliches Mundwerk angehängt. Ich muß noch halb geschlafen haben, aber ich hörte, wie dein Name fiel.«

»Verdammt!«

»Wo brennt's denn, Kamerad?«

»Das kann ich dir jetzt nicht erklären. Sag Gordon, ich sei krank oder sonst was, okay?«

»Blödsinn. Ich sag' ihm, du sitzt im Kittchen. Das mit den ewigen Krankheiten glaubt er ja doch nicht mehr.«

»Erzähl ihm, was du willst. Ich ruf' dich heut abend wieder an.« Ich legte auf und wandte mich um. Ich war wohl doch nicht so leise gewesen, wie ich gedacht hatte. Helen stand in der Tür zu ihrem Schlafzimmer, ein taufrisches Mädchen in Blond.

»Was ist denn, Joe?«

Es hatte keinen Sinn, vor ihr etwas zu verbergen. »Jemand beobachtet das Haus, wo ich wohne. Heute früh hat man nach mir gefragt.«

»Angst, Joe?«

»Und ob! Ich hab' keine Lust, mit gebrochenem Hals in einem Sumpfloch zu landen. Dieser Renzo ist nicht ganz normal. Wenn er Wut hat, ist er zu allem fähig.«

»Ich weiß«, meinte Helen gelassen. Mit der Hand fuhr sie sich unwillkürlich über die Lippen. »Aber erst frühstücken wir mal.«

An diesem Vormittag bekamen wir heraus, wer Vetter war. Das heißt, Helen kam dahinter. Sie horchte nicht hintenherum oder klopfte vorsichtig auf den Busch, sie fuhr ganz einfach mit mir in die Stadt, stellte den Wagen ab und nahm ein Taxi, das uns zu einem hohen Backsteinhaus brachte. Auf den ersten Blick sah es wie tausend andere Häuser aus, aber über der Tür stand PRECINCT NR. 4. Der Wachhabende sagte, es sei dem Captain ein Vergnügen, uns zu empfangen.

Es war dem Captain weiß Gott ein Vergnügen. Einen besseren Tagesauftakt hätte er sich gar nicht wünschen können, als Helen zur Tür hereinschweben zu sehen – ums Haar hätte er mir eine Zigarre angeboten. Das Schildchen auf dem Schreibtisch besagte, daß er Gerot hieß, und wenn ich mir einen Polizisten hätte aussuchen sollen, um ihm etwas anzuvertrauen, dann ihn. Er war Ende Dreißig, gebaut wie ein Ringer, und ich hätte nicht in den Schuhen des Kerls stecken mögen, der's bei ihm mal mit Bestechung versuchen wollte.

Er brauchte ein paar Augenblicke, um die Überraschung zu verwinden. Eine Prachtblondine in dunkelgrünem Gabardinekostüm schneite schließlich nicht alle Tage bei ihm herein. Als er sich erholt hatte, musterte er mich und meinte: »Was kann ich für Sie tun?« Und dabei sah er aus, als wisse er schon alles.

Helen überraschte ihn abermals. »Ich möchte etwas über einen Mann erfahren«, sagte sie. »Sein Name ist Vetter.«

Die Falten begannen mitten auf seiner Stirn und schoben sich bis zum Haaransatz empor.

»Weshalb?«

»Weil er gedroht hat, Mark Renzo umzubringen.«

Man konnte zuschauen, wie sein Gesicht sich änderte, wie ein ätzendes Lächeln sich um die Mundwinkel einnistete. »Wissen Sie eigentlich, Verehrteste, worüber Sie da reden?«

»Ich glaube schon.«

»Sie glauben?«

»Schauen Sie mich an«, sagte sie. Captain Gerots Blicke trafen ihre und hielten sie fest. »Was sehen Sie, Captain?«

»Jemand, der weit herumgekommen ist. Sie kennen sich aus, nicht?«

»Überall, Captain. Und recht gut.«

Mich hatten sie vergessen. Ich war unwichtig geworden, und mir war das nur recht.

»Was halten Sie von Renzo, Captain?« fragte Helen.

»Ein fauler Kunde. In zwei Staaten vorbestraft, hier liegt jedoch nichts gegen ihn vor. Ich möchte ihm zu gern ein paar Sachen anhängen; es gibt zwar keine Beweise, aber er steckt zweifelsfrei dahinter. Ich weiß aber, wenn ich zu ermitteln anfange, bekomme ich ein paar einflußreiche Leute auf den Hals.«

Helen nickte. »Ich könnte Ihnen mehr erzählen, aber es ist im Augenblick nicht weiter wichtig. Sie wissen, was mit Jack Cooley passiert ist?«

Gerots Gesicht wurde hart. »Ich weiß, daß die Zeitungen und der Staatsanwalt mir deswegen die Hölle heiß gemacht haben.«

»Das meinte ich nicht.«

Der Captain sah auf. »Man hat seinen Wagen gefunden, von Kugeln durchlöchert. Die Blutmenge im Wagen ließ den Schluß zu, daß das Opfer nicht überlebt hatte. Die Leiche haben wir nie gefunden.«

»Wissen Sie auch, warum er starb?«

»Ich kann es mir zusammenreimen. Er hat Renzo übers Ohr gehauen, sagen einige. Ich habe sogar läuten hören, er habe seine Finger im Rauschgifthandel gehabt. Er besaß sehr viel Bargeld, das er nie nachweisen konnte.«

»Davon abgesehen, Captain: Wenn es ein Mord war und Renzo ihn angestiftet hat – dann wollen Sie ihn doch sicher zur Rechenschaft gezogen wissen?«

Gerots hellblaue Augen überzogen sich mit einem Schleier. »So oder so – wenn Sie's unbedingt wissen wollen.«

»Es ist nicht ausgeschlossen. Wer ist Vetter?«

Er lehnte sich zurück und verschränkte die Hände hinterm Kopf. »Ich könnte Ihnen jede Menge Zeitungsausschnitte zeigen, die über diesen Mann geschrieben worden sind. Ich könnte Ihnen Abschriften von Zeugenaussagen zeigen, die wir zu Protokoll genommen haben oder Fahndungsmeldungen anderer Städte. Ich könnte vieles, aber ich kann kein Bild von ihm aus der Schublade ziehen, und niemand besitzt einen Fingerabdruck dieses Menschen. Wer ihn zu Gesicht bekam... diese Leute scheinen alle tot zu sein.«

Meine Stimme klang eigenartig. »Tot?«

Gerot legte die Hände flach auf den Tisch. »Der Mann ist ein Mörder. Er wird so ziemlich überall gesucht. Man sagt, er sei's gewesen, der Tony Briggs in Chikago umgelegt hat. Als Birdie Cullen vor dem Schwurgericht aussagen sollte, hat jemand fünfzig Mille erhalten, damit er ihn zum Schweigen brachte – und Vetter hat beim Syndikat kassiert. Vetter erhielt weitere zehntausend, um den Kerl abzuschießen, der ihn zunächst bezahlt hatte, damit ein anderer dessen Stelle einnehmen konnte.«

»Dann ist Vetter bisher also nichts weiter als ein Name, Captain?«

»Nicht ganz. Wir wissen ein paar Einzelheiten über ihn, aber die kann ich nicht herausgeben. Sie werden das verstehen.«

»Natürlich. Trotzdem würde ich gern mehr hören.«

»Er ist ein harter Bursche, scheint von Dingen zu wissen und Dinge zu erledigen, die sich niemand sonst anzufassen wagt.«

Helen schlug die Beine übereinander. »Nehmen wir mal an, Captain, dieser Vetter war ein Freund Jack Cooleys? Nehmen wir an, der Mord an seinem Freund hat ihn wütend gemacht und auf Rachegedanken gebracht?«

»Reden Sie weiter«, sagte Gerot.

»Was würden Sie dann unternehmen, Captain?«

Er lächelte schief. »Sehr wahrscheinlich nichts.« Er lehnte sich wieder zurück. »Überhaupt nichts... bis es passiert.«

»Zwei Fliegen mit einer Klappe, Captain? Soll Vetter doch Renzo erledigen, und dann schnappen Sie sich Vetter?«

»Das würde der Presse überaus gefallen«, murmelte er.

»Zweifellos.« Helen erhob sich, und ich folgte ihrem Beispiel. Und nun merkte ich, wie gerissen dieser Captain war. Er schenkte Helen keinen einzigen Blick mehr. Seine blauen Augen sahen nur mich, und sie wirkten dabei sehr schläfrig.

»Und wo passen Sie in diese Geschichte, mein Junge?« fragte er.

Helen antwortete für mich. »Vetter hat ihn mit dem Drohbrief zu Renzo geschickt.«

Gerot lächelte stumm, und man sah ihm an, daß die ganze Sache glasklar vor seinem geistigen Auge stand. Er kannte unsere Gesichter, er wußte, wer Helen war, und nun hätte er gern auch alles über mich gewußt. Und er würde das auch erfahren — so, wie ich ihn einschätzte.

Auf der Treppe vorm Revier blieben wir stehen, und die hereinkommenden Polizisten bedachten Helen mit Blicken, wie jeder Mann auf der Straße sie ihr widmete. Ich war ein bißchen stolz, sie begleiten zu dürfen. »Er ist clever«, sagte ich.

»All diese Kriminalisten sind clever.« Ungeduld huschte über ihre Züge. »Er hat da etwas gesagt...«

»Zeitungsausschnitte?« meinte ich.

Es fiel ihr leicht, mich anzulächeln. Sie brauchte weder hinab- noch hinaufzuschauen, sondern einfach nur den Kopf zu wenden. »Kluges Kind.«

Sie hakte sich bei mir unter, und diesmal wies ich den Weg. Ich brachte sie in eine Straße, wo ich mich auskannte. Sie lag abseits von der City, und die Leute hier hatten einen Ausdruck in den Augen, den man oben in der Stadt nicht zu sehen kriegt. In dieser Gegend gingen die Mädchen abends bummeln und stiegen einem bis in die Bars nach — wenn sie glaubten, man habe vielleicht ein paar Möpse zuviel.

Es sind meist kleine Kneipen. Sie haben weder Neonbeleuchtung noch gepolsterte Barhocker, aber wenn hier einer etwas sagt, dann macht er nicht nur Konversation. Es herrscht immer ein bißchen Spannung; so ein Gefühl, als müsse jeden Augenblick was passieren.

Eins dieser Lokale hieß *The Clipper*, und es war die Stammkneipe für die Leute von der *News*. Gerissene Brüder mit allerhand auf dem Kasten. Nicht kleinlich und immer bereit, für einen guten Tip gut zu bezahlen. Leute, die einen nahmen, wie man war, und nicht viel fragten.

Die richtigen Leute für mich.

Bucky Edwards klebte auf seinem Stammhocker und ließ sich vollaufen, denn es war sein freier Tag. Für mich hatte er einen respektvollen Blick und ein verständnisvolles Blinzeln. Ich brachte Helen zu ihm und wollte sie vorstellen, aber da meinte Bucky schon: »Hallo, Helen. Hätte nie gedacht, Sie auch mal bei Tageslicht zu sehen.«

»Demnach warst du schon mal im *Hideaway* zu Gast«, sagte ich. »Wir wollen dich etwas fragen.«

»Aber, Joe, die Dame kann doch wohl allein ihre Fragen stellen, oder?«

»Nichts da. Wir möchten etwas über Vetter hören.«

Die dichten Brauen zogen sich zusammen. Er sah erst mich an, dann Helen, dann wieder mich. »Du spuckst aber große Bogen, mein Junge.«

Ich wollte vermeiden, daß uns jemand zuhörte, beugte mich vor und sagte: »Er ist in der Stadt, Bucky. Und hinter Renzo her.«

Er pfiff ausführlich. »Wer sonst weiß noch davon?«

»Gerot. Renzo. Wir.«

»Das wird Ärger geben. Garantiert.«

»Nur für Renzo«, meinte Helen.

Bucky schüttelte bedächtig den Kopf. »Ihr habt ja keine Ahnung. Wenn Vetter hier einsteigt, dann gibt es ganz großen Stunk.«

Unter dem Pflaster zuckte mein Gesicht. »Renzo ist der Boss hier, stimmt's?«

Bucky leckte sich die Lippen. »*Ein* Boss. Es gibt noch andere. Es wird ihnen gar nicht behagen, daß Renzo der Allgemeinheit seinen Kummer mit Vetter auflädt.« Zum erstenmal schien Bucky uns richtig zu sehen. »Vetter ist Gift für sie. So wahr ich hier sitze: Wenn er bleibt, wird sie das eine schöne Stange Geld kosten.«

»Dann werden sie also alle hinter Vetter her sein«, sagte ich.

Bucky runzelte die Stirn. »Daran hab' ich noch gar nicht gedacht.« Er leerte sein Glas und stellte es auf die Bar. »Wenn Vetter nur Renzos wegen herkommt, dann servieren sie ihn ihm wahrscheinlich auf dem Tablett. Vielleicht kommen sie dann noch mal mit dem Schrecken davon.«

Es bedeutete Stunk, und wie. Aber solchen, wie ich ihn nicht ungern sah.

Bucky starrte in sein leeres Glas und meinte: »Man wird Renzo begraben – oder aber er wird größer aus der Sache hervorgehen, als er je war.«

Der Barmann kam und füllte sein Glas auf. Ich schüttelte nur den Kopf, als Bucky fragte, was wir sonst noch wüßten. »'ne gute Story«, meinte er. »*Wenn* sie passiert.« Dann kippte er seinen Drink, und aus war's mit ihm. Seine Augen wurden starr, er grinste sich im Spiegel an und hielt Selbstgespräche. Ich kannte ihn gut genug: Jedes weitere Wort an ihn war in den Wind geredet. Ich stieß Helen an, wir gingen hinaus.

Manche Tage vergehen wie im Fluge, und das war so einer. Helen war nett als Begleiterin, man konnte sich gut mit ihr unterhalten. In ihrem Leben war ihr nichts wichtig genug, um verschwiegen zu werden, und so plauderte sie unbefangen drauflos. Sie schien jünger zu werden, je mehr Stunden verstrichen, und als wir schließlich in ihrer Wohnung anlangten, vergoldete die Sonne ihre Haare schon mit rötlichen Lichtern... und ich war hin, ganz einfach hingerissen. An diesem Tag war ich König, und auf der ganzen Welt gab es keinen Kummer mehr für mich. Wir lachten wie zwei Kinder, die Leute blieben stehen, guckten und lachten mit. Es war so ein Tag, an den man sich erinnert, wenn alle Tage vergangen sind und der letzte angebrochen ist.

Ich war müde, hundemüde. Deshalb versuchte ich gar nicht erst, nein zu sagen, als sie mich mit hinaufbat, und ich wollte es ja auch nicht. Sie ließ mich die Tür aufschließen, und ich folgte ihr auf dem Fuß. Sie war schon unterwegs zur Küche, um die Eier mit Schinken zu machen, von denen wir unterwegs gesprochen hatten – da blieb sie wie erstarrt stehen.

Die Stimme aus dem Sessel sagte: »Komm doch rein, Süße. Und du auch, Junge.«

Johnny saß da, grinste gemein und starrte uns hinterhältig an.

»Wie bist du hier reingekommen?«

Er lachte. »Mit Schlössern kann ich zaubern, weißt du's nicht mehr?« Sein Kopf ruckte. »Los, rein mit euch!«

Ich trat neben Helen. Meine Hände schlossen und öffneten sich unablässig, mein Atem ging schwer und hatte im Hals kaum Platz.

»'ne Schwäche für kleine Jungs entdeckt, Helen?«

»Halt den Mund, du Strolch«, sagte sie.

Er verzog den Mund. »Ach ja, der mütterliche Typ. Aber bißchen altmodisch, das Ganze.« Er grinste wieder, als hätte er was Lustiges gesagt. Mir tat schon die Brust vom tiefen Atmen weh. »Für die Flasche ist er doch zu groß, also...«

Ich packte die Lampe und schleuderte sie, und wenn das Kabel nicht irgendwo hängengeblieben wäre, dann hätte sie ihm den Kopf abgerissen. Ich stürzte schon auf ihn los, aber so brauchte er nur eine Hand zu heben, um mich zu bremsen. Sein Revolver war so ein Bankers Special – auf kurze Distanz sind die Dinger absolut tödlich. Und Johnny sah ganz so aus, als würde er abdrücken. Gern.

»Dem Boss gefällt deine Freizeitgestaltung gar nicht, Helen. Er ist sehr schnell dahintergekommen. Hierher, Junge.«

Ich trat einen Schritt vor.

»Näher.«

»Nun hör mir mal gut zu, Freundchen. Du gehst jetzt nach Hause, verstanden? Du gehst nach Hause und tust, wozu du Lust hast, aber du bleibst zu Hause und hier weg. Wenn du das tust, wird Mr. Renzo dir ein paar Scheine zustecken. Aber nachdem es dir hier so gutgegangen ist, hast du vielleicht keine Lust zum Heimfahren – und für diesen Fall zeige ich dir am besten mal, was dir so alles passieren kann...«

Ich hörte, wie Helen die Luft anhielt, und mir ging es genauso. Man sah ohne weiteres, wozu Johnny sich anschickte.

Er ließ es mich mit Muße durchschauen, denn es gab nichts, was ich dagegen hätte unternehmen können. Der Revolver zeigte genau auf meinen Bauch, auch während er beide Ellbogen auf die Sessellehne stemmte, um sich festen Halt für den Tritt zu verschaffen, der mich für den Rest meiner Tage verstümmeln sollte. Sein Schuh war fest und spitz, er pendelte sanft – und war eine schreckliche Waffe.

Ich sah alles kommen und dachte, daß ich vielleicht doch noch eine Chance ... aber ich brauchte das Risiko nicht einzugehen. Aus dem Hintergrund des Zimmers kam Helens Stimme. »Keine Bewegung, Johnny! Ich hab' eine Pistole in der Hand.«

Sie hatte tatsächlich eine.

Johnnys häßliches Gesicht wurde rot vor Wut, als er seine Dummheit erkannte, Helen aus den Augen zu lassen, um seinen Spaß an mir zu haben.

»Er soll seinen Revolver fallen lassen, Helen.«

»Du hörst, was der Junge sagt, Johnny.«

Johnny ließ den Revolver fallen. Ich angelte ihn mir mit den Zehenspitzen, hob ihn auf, stieß die Patronen aus den Kammern und warf alles unters Sofa.

»Kommen Sie her, Helen«, sagte ich.

Ich spürte, wie sie hinter mich trat, und streckte die Hand nach ihrer .25er Automatik aus. Johnny wurde bleich. Ich grinste ihn an. Und dann warf ich auch die .25er unters Sofa.

Sie sehen immer komisch aus, wenn man so was tut. Ihr Spatzenhirn begreift nicht gleich, es lähmt sie irgendwie. Ich ließ ihn die Überraschung ein paar Sekunden schmecken, dann setzte ich ihm die Faust ins Gesicht.

Helen kniete nieder, um die Pistole aufzuheben. Ich schrie, sie solle sie liegen lassen – da hatte ich schon Johnny auf dem Hals. Jedenfalls dachte er das, aber ich nahm seinen Arm über die Schulter, ließ ihn abrollen und bauchlanden. Ich wollte nicht allzuviel Lärm machen.

Ich ging zu ihm hin, ließ mir Zeit. Er wollte hochkommen, da schlug ich zu, noch einmal und noch einmal, worauf er sich wieder hinlegte. Er konnte sehen und denken und fühlen, aber er konnte sich nicht rühren.

Als ich mit ihm fertig war, schaffte ich ihn hinunter und in ein Taxi. Ich erzählte dem Fahrer, er sei betrunken hingefallen. Aus Johnnys Brieftasche gab ich ihm einen Zehner und trug ihm auf, ihn im *Hideaway* bei einem gewissen Mr. Renzo abzuliefern. Der Fahrer war recht verständnisvoll und transportierte Johnny ab.

Dann ging ich zu Helen zurück. Sie saß auf der Couch und wartete auf mich, und wieder bemerkte ich jenen seltsamen Ausdruck in ihren Augen. »Wenn er mit Ihnen fertig gewesen wäre«, sagte sie, »hätte er bei mir weitergemacht.«

»Ich weiß.«

»Joe – für einen Jungen haben Sie sich verdammt gut geschlagen.«

»Bin eben mit harten Bandagen groß geworden.«

»Ich hab' miterlebt, wie Johnny kräftige Kerle verwalkt hat. Er ist furchtbar stark.«

»Wissen Sie eigentlich, wovon ich lebe, Helen? Ich schiebe einen Althändlerkarren, mit Alteisen beladen. Da gibt es Konkurrenz, und man lernt sehr bald, wie man sich seiner Haut zu wehren hat. Die andern sind nämlich auch keine Schwächlinge. Wenn sie können, bringen sie einen ums liebe Geld.«

»Aber Sie hatten doch eine Waffe, Joe«, erinnerte sie mich.

Ihre Augen schimmerten so eigenartig sanft, daß es mir heiß über den Rücken lief. Die Augen hießen mich näher zu kommen, und ich konnte ihnen nichts abschlagen. Ich stand da, sah sie an und überlegte, wieviel sie mir trotz der Pflaster wohl ansah.

»Renzo wird bald hinter uns her sein«, sagte ich.

»Das stimmt, Joe.«

»Wir müssen hier verschwinden. Sie jedenfalls.«

»Darüber reden wir später.«

»Nein, jetzt, verdammt noch mal.«

Es sah so aus, als lache sie über mich. Ein seltsames Lachen, geheimnisvoll und verwirrend. In ihren halbgeschlossenen Augen funkelten Lichter, ihre Lippen öffneten sich ein ganz klein wenig. Sie sagte: »Jetzt haben wir etwas anderes zu tun, Joe. Jetzt muß eine Frau hier sich zurückerinnern, weit zurück – weil sie jemand sieht, den sie damals gern gehabt hätte.«

Ich sah sie an und vergaß zu atmen. Sie war so überwältigend schön, daß es mich schmerzte, aber ich wollte nicht aus meiner Rolle fallen. Noch nicht.

»Jetzt sollten Sie mich küssen, Joe«, sagte sie.

Ich küßte sie.

Ich wartete bis Mitternacht, dann ging ich. Ich blickte in ihr Zimmer: Mondlicht hüllte sie ein, ihre Züge wirkten entspannt, ein feines fernes Lächeln lag darüber; das Haar schmiegte sich wie weiches Gold um ihren Kopf.

So sollte man dich fotografieren, Helen, dachte ich. Das Bild würde keine Retusche brauchen, und es gab bestimmt keinen Mann, der es sehen und jemals vergessen konnte. Du bist so schön, Helen. Du bist so wunderbar, wie eine Frau nur sein kann – und weißt es nicht. Du hast so viel durchgemacht, daß du an nichts anderes mehr denken kannst, und diese Gedanken graben dir Falten ins Gesicht und Granit in den Blick. Aber nicht nur du kennst die Welt, ich kenne sie auch. Es gibt Dutzende von Mädchen, über die ich mir so meine Gedanken gemacht habe – aber nie solche wie jetzt. Dich kümmert es nicht, wer oder was einer ist; du schenkst ihm ganz einfach etwas von dir, du schenkst es ihm und willst nichts dafür haben.

Tut mir leid, Helen, du mußt doch etwas dafür nehmen. Oder wenigstens behalten, was du hast. Deinetwegen tue ich sogar Renzo den Willen. Deinetwegen will ich für ihn Köder spielen. Vielleicht kriege ich dann am Schluß die Gelegenheit, alles ins reine zu bringen. Vielleicht auch nicht. Jedenfalls tu' ich's für dich, das mußt du wissen. Wenn ich bleibe, wird Renzo dich durch die Mangel drehen, so hart, daß du's nie mehr verwinden könntest. Ich gehe jetzt, meine Schöne. Ich bin nicht der Rede wert. Du wohl auch nicht. Es war ein wunderbarer Tag.

Ich legte den Zettel neben die Nachttischlampe, wo sie ihn nicht übersehen konnte, beugte mich über sie und blies ihr einen Kuß ins Haar, dann drehte ich mich um und ging.

Niemand brauchte mir zu erzählen, daß ich vorsichtig sein mußte. Ich vergewisserte mich, daß mich niemand aus dem

Haus kommen sah, und an der nächsten Ecke blickte ich mich nochmals sorgsam um. Der Weg über Zäune und durch Hinterhöfe war nicht leicht, aber hier war es dunkel und still, und wenn in meiner Nähe auch nur einer geatmet hätte, ich hätte es gehört. Und als ich dann im Schlagschatten des Ladens an der Kreuzung stand, war ich froh, daß ich den Umweg gemacht hatte. Zwischen den parkenden Wagen am Bordstein stand auch ein Polizeiauto. Es war nicht besonders gekennzeichnet, aber es hatte eine Antenne am Kofferraum, und hinter dem Steuer glühte die rote Spitze einer Zigarette.

Captain Gerot ging kein Risiko ein. Ich fühlte mich jetzt ein bißchen wohler in meiner Haut. Helen konnte da oben beruhigt schlafen – und sicher sein, daß sie auch wieder aufwachte. Ich wartete noch ein paar Minuten, dann tauchte ich wieder in den Schatten und machte mich auf den Heimweg.

Und dort lauerten sie auf mich. Ich wußte das lange, bevor ich hinkam, denn ich hatte schon beobachtet, wie andere Leute so erwartet worden waren. So etwas übersieht man nicht, wenn man bei den Fabriken und in der Nähe des Hafens wohnt. Und wenn es einem dann selbst widerfährt, dann ist man nicht mehr überrascht.

Sie entdeckten mich, und solange ich in der richtigen Richtung weiterging, unternahmen sie nichts. Ich wußte, daß sie irgendwo steckten, wo ich sie nicht sehen konnte, und selbst wenn ich jetzt wegzulaufen versucht hätte – es hätte mir auch nichts genutzt.

Nach einer Weile kriegt man dabei ein komisches Gefühl. Man fühlt sich wie vielleicht ein Kaninchen, das zwischen Gewehrläufen spazierengeht und nicht weiß, wann welcher losgeht. Und hofft, daß es im entscheidenden Moment nichts sehen oder fühlen wird. Der Magen scheint sich auf Wanderschaft zu begeben, und das Herz hämmert gegen die Rippen. Man will es nicht, aber man fängt zu schwitzen an, und in Händen und Füßen juckt es einen – und währenddessen ist kein Ton zu hören, nur diese tiefe, beunruhigende Stille, aus der doch eine Stimme zu sprechen scheint. Wie ein Denkmal, das mit offenem Munde lacht. Kein Ton, und doch hört man die Stimme. Man geht weiter, atmet im Takt der Schritte, manchmal etwas schneller. Man nagt auf den Lippen herum, weil man weiß, wie es ist, wenn einen plötzlich eine Faust trifft. Und weiß, wie es ist, wenn ein spitzer Schuh einen in die Seite tritt.

Und das alles beschäftigt einen so, daß man schließlich kurz vor der Haustür, wenn einen jemand am Arm packt, nichts weiter mehr tut, als ihm ins Gesicht zu blicken und zu warten, bis er sagt: »Wo hast du denn gesteckt, Junge?«

Ich fühlte, wie der Griff sich verstärkte, wie der Mann mich an sich zog. »Laß mich los. Ich kümmere mich nur um mein...«

»Ich hab' dich was gefragt, Kleiner.«

»Ich war in der Stadt. Was geht Sie das an?«

Seine Miene ließ erkennen, daß es ihm selber wirklich egal war. »Jemand interessiert sich dafür. Wie wär's mit einem kleinen Ausflug?«

»Ist das ein Vorschlag?«

»Sagen wir, 'ne Order.« Die Hand wurde noch fühlbarer. »Drüben steht der Wagen, Kamerad. Steigen wir ein?«

Eine Sekunde lang überlegte ich, ob ich mit ihm fertig werden konnte; die Antwort war nein. Er war zu groß und zu wachsam. Auch er war mit harten Bandagen aufgewachsen, kannte kleine Strolche und große, und man konnte ihm nichts vormachen. Man spürt das, wenn man genug solcher Kerle kennengelernt hat. Sie wissen, wie sie eines Tages enden werden – sie werden die Hände über eine Schußwunde pressen oder aus einer vergitterten Zelle schreien. Aber bis dahin sind sie eine tödliche Gefahr.

Ich stieg ein und setzte mich neben den Mann im Fond, hielt den Mund zu und die Augen offen, und erst, als wir den falschen Kurs einschlugen, sah ich den Kerl neben mir an. »Wo geht's denn hin?«

Er grinste schief und sah wieder zum Fenster hinaus.

»Nun hört mal zu, haltet mich gefälligst nicht zum Narren. Wo fahren wir hin?«

»Halt die Klappe.«

»So seht ihr aus. Wenn ihr mich umlegen wollt, will ich vorher noch mal mächtig schreien – und zwar fang' ich gleich damit an. Wo...«

»Sei still, niemand will dich umlegen.« Er kurbelte das

Fenster herunter, warf den erloschenen Zigarrenstummel hinaus und drehte es wieder hoch. Er hatte das zu leichthin gesagt, als daß es gelogen sein konnte. Meine Hände wurden etwas ruhiger.

Nein, sie wollten mich nicht umlegen. Nicht, nachdem sie sich solche Mühe gegeben hatten, mich aufzutreiben. Man setzt kein Dutzend Leute auf einen Wicht wie mich an, wenn man nichts weiter als einen schlichten Mord im Sinn hat. *Ein* Süchtiger nämlich erledigt so was sonst für eine Wochenration Koks.

Wir fuhren quer durch die Stadt zurück, schlugen die Richtung zu den westlichen Vororten ein, durchfuhren auch sie, bis parkähnliche Anwesen an die Stelle der Vororthäuser traten. An der richtigen Adresse bog der Wagen in eine geteerte Einfahrt, passierte ein Dutzend Luxuslimousinen und hielt vor einer herrschaftlichen Villa.

Mein Nachbar stieg zuerst aus. Er winkte mir mit dem Kopf und blieb hinter mir, während ich hinauskletterte. Der Fahrer grinste, wobei er ein Gesicht zog wie ein Hund, wenn er einen mit einem Stück Fleisch in der Hand erblickt.

Ein Livrierter erwartete uns in der Tür. Er schien sich in diesem Habit durchaus nicht wohl zu fühlen, und es paßte auch nicht recht zu seinem narbigen Gesicht, das schon mit einer Menge lederner Boxhandschuhe Bekanntschaft gemacht haben mußte. Er winkte uns hinein, schloß die Tür und ging voraus, durch die Eingangshalle in ein rauchgeschwängertes Zimmer, in dem ein Dutzend Stimmen rumorten.

Als wir eintraten, verstummte das Stimmengewirr, und ich spürte, wie Augen mich abtasteten. Der Fahrer unseres Wagens sah zu dem Mann im Frack hinüber und sagte: »Hier ist er, Boss.« Er gab mir einen Schubs, der mich in die Mitte des Zimmers beförderte.

»Tag, mein Junge.« Er drückte den Stöpsel in eine Kristallkaraffe und nahm das volle Glas auf. Er war kein bißchen größer als ich, aber er hatte den elastischen Schritt einer Katze, und seine Augen schienen zu etwas Totem zu gehören. Er blieb dicht vor mir stehen, verfälschte ein Lächeln und hielt mir das Glas hin. »Für den Fall, daß die Boys Ihnen Angst gemacht haben.«

»Ich hab' keine Angst.«

Er zuckte die Schultern und nippte selbst am Glas. »Setzen Sie sich, mein Junge. Sie befinden sich hier unter Freunden.« Er blickte über meine Schulter. »Bring ihm einen Sessel, Rocco.«

Im ganzen Zimmer machte man es sich bequem. Ein Sessel schob sich an meine Knie, ich setzte mich und sah mich um. Jetzt saßen alle im Raum, und so mochte es der kleine Mann im Frack wohl auch gern. Er wollte zu keinem emporschauen müssen.

Er machte das ganz lässig, er stellte mir all die Leute vor, obwohl das gar nicht nötig war, weil nämlich ihre Gesichter ständig in den Zeitungen zu sehen waren und sie zu jener Sorte gehörten, nach denen man sich umdreht, wenn sie im Wagen vorüberfahren. Sie waren die oberen Zehntausend. Die Bosse. Die dicken Brieftaschen. Die protzigen Ringe. Und der Kleine war der Größte. Er hieß Phil Carboy, und auf der West Side tanzte alles nach seiner Pfeife.

Als es still genug war, stützte sich Carboy auf die Lehne meines Sessels und meinte: »Falls Sie sich wundern sollten, wieso Sie hier sind, mein Junge – ich will's Ihnen gern erklären.«

»Ich kann's mir schon denken«, sagte ich.

»Prima. Wollen wir mal sehen, ob wir beide dasselbe denken, ja? Man hört da eine Menge Dinge, zum Beispiel von diesem Zettel, den Sie Renzo überbracht haben, wer Ihnen den Zettel gegeben hat und was Renzo mit Ihnen angestellt hat.« Er leerte sein Glas und lächelte. »Und auch, was Sie mit Johnny gemacht haben. Das stimmt doch alles, nicht wahr?«

»Soweit.«

»Sehr schön. Nun will ich Ihnen sagen, was ich will. Ich möchte Ihnen einen Job geben. Was halten Sie davon, wöchentlich einen Hunderter zu verdienen, mein Junge?«

»Kleine Brötchen.«

Einer knurrte. Carboy lächelte wieder, ein bißchen dünner diesmal. »Der Junge ist nicht von gestern«, meinte er. »So was gefällt mir. Okay, mein junger Freund. Sagen wir – einen Monat lang fünfhundert pro Woche. Wenn es keinen Monat dauert, kriegen Sie's trotzdem. Das klingt besser, als sich von Renzo verhauen zu lassen, hab' ich recht?«

»Dagegen klingt alles besser.«

Carboy streckte eine Hand aus und sagte: »Rocco...« Eine andere Hand gab ihm ein Bündel Banknoten. Er zählte, hörte bei zweitausend auf und warf mir das Geld in den Schoß. »Gehört Ihnen, mein Junge.«

»Wofür?«

Seine Lippen waren ein schmaler Riß zwischen den Backenknochen. »Für einen Kerl namens Vetter. Für den Kerl, der Ihnen den Zettel gegeben hat. Beschreiben Sie ihn.«

»Groß«, sagte ich. »Breite Schultern. Sein Gesicht hab' ich nicht gesehen. Tiefe Stimme mit harten Obertönen. Trug einen Trenchcoat und hatte einen Hut auf.«

»Das genügt nicht.«

»Er steht irgendwie komisch«, sagte ich. »Ich hab' Sling Herman gesehen, ehe die Polizei ihn faßte, da war ich noch klein. Der hat auch so gestanden. Immer auf dem Sprung und bereit, etwas aus der Tasche zu ziehen.«

»Sie haben noch mehr gesehen, Junge.«

Es war jetzt zu still im Zimmer. Sie saßen alle auf der Lauer, warteten auf's Stichwort. Sie saßen da und vergaßen selbst das Rauchen, guckten aus kleinen Augen und warteten, daß ich sie aus ihren Ängsten erlöste.

Ich quetschte die Worte aus trockenem Hals, versuchte mich an eine Nacht und einen Mann zu erinnern und an die Kleinigkeiten, die man von mir hören wollte. »Ich würde ihn wiedererkennen«, sagte ich. »Er war einer von der Sorte, die einen das Gruseln lehren kann. Wenn er redet, kriegt man eine Gänsehaut.« Ich leckte mir die Lippen, sah zu Carboy auf. »Ich möchte mich mit so einem Kerl nicht anlegen. Mit dem wird keiner fertig.«

»Sie erkennen ihn also wieder. Ganz sicher?«

»Bestimmt.« Ich hielt Umschau unter den Gesichtern. Jeder von diesen Männern brauchte nur ein Wort zu sagen, dann war ich am nächsten Tag tot. »Er ist härter als wir alle hier.«

Carboy lächelte; er hatte winzige weiße Zähne. »So einen gibt's gar nicht, Junge.«

»Er wird mich umlegen«, sagte ich. »Sie vielleicht auch. Mir gefällt das Ganze nicht.«

»Es braucht Ihnen auch nicht zu gefallen, Sie brauchen's nur zu tun. In gewissem Sinn sind Sie ein Glückspilz. Ich zahle Ihnen bares Geld. Wenn ich wollte, könnte ich Ihnen einfach befehlen – und Sie müßten's auch tun. Klar?«

Ich nickte.

»Heute abend fangen wir an. Ab sofort wird immer jemand in Ihrer Nähe sein, verstanden? In einer Tasche haben Sie ein weißes Taschentuch. Wenn Sie sich die Nase putzen müssen, dann damit. In der anderen haben Sie ein rotes Tuch. Wenn Sie ihn sehen, nehmen Sie das vor.«

»Das ist alles?«

»Danach müssen Sie sich freilich schnell verkrümeln, mein Freund«, sagte Phil Carboy sanft. »Dann kommen Sie vielleicht noch dazu, die zwei Mille zu genießen. Wenn Sie übrigens versuchen sollten, mit dem Geld durch die Lappen zu gehen – Sie kämen nicht weiter als zur Bushaltestelle.« Er blickte in sein leeres Glas, sah Rocco an und hielt es ihm hin. »Lassen Sie mich noch eins erklären, Freund. Ich bin ein alter Hase, ich kann auf hundert Meter Entfernung beurteilen, was mit einem Kerl oder einem Mädchen los ist. Sie sind nicht auf den Kopf gefallen, das sehe ich. Ich gebe Ihnen eine Chance, weil Sie einer sind, der sich auskennt und mitspielt. Ich brauche deshalb auch keine weiteren Warnungen auszusprechen, nicht wahr?«

»Nein. Ich hab' alles genau verstanden.«

»Noch Fragen?«

»Nur eine«, sagte ich. »Ich soll Vetter auch für Renzo liefern. Er legt deshalb allerdings keine zwei Mille an. Er verlangt es umsonst, verstehen Sie? Was ist, wenn er mir auf die Schliche kommt? Was passiert dann?«

Carboy hätte nicht zögern dürfen. Und er hätte sich diesen Ausdruck in den Augen verkneifen sollen, weil mir der nämlich alles verriet, was ich wissen wollte. Renzo war stärker als sie alle hier, und sie bekamen Gänsehaut, wenn sie nur an ihn dachten. Renzo hielt sozusagen 51 Prozent aller Aktien, und sie hüteten sich, ihm in die Quere zu kommen. Der Kleine im Frack kippte seinen neuen Drink und kehrte wieder das

Lächeln hervor. Binnen einer Sekunde hatte er scharf nachgedacht, und die Antwort kam glatt heraus. »Wir kümmern uns schon um Mark Renzo«, sagte er. »Rocco, du und Lou, ihr bringt den Jungen heim.«

Ich ging zum Wagen, und wir fuhren wieder zurück in die Slums. Hinter uns tanzten die Scheinwerfer eines zweiten Wagens über die Straßen; darin saßen die Killer und warteten darauf, daß ich das rote Taschentuch ziehen würde. Ich kannte sie nicht, und wahrscheinlich würde ich sie auch nie kennenlernen. Aber sie würden immer in der Nähe sein, Schatten ohne Körper – bis es rot aufflammte, und dann würde noch helleres Rot übers Pflaster fließen, und vielleicht war dann auch was von mir dabei.

Sie ließen mich zwei Ecken weiter aussteigen. Der andere Wagen war nicht mehr zu sehen, und ich suchte auch nicht nach ihm. Meine Schritte hallten dumpf durch die Gassen, wurden schneller und schneller, bis ich die Stufen zu meiner Haustür hinaufeilte. Von innen warf ich die Tür zu und lehnte mich dagegen und suchte über die Schmerzen in meiner Brust Herr zu werden.

Die Uhr zeigte Viertel nach drei. Sie tickte monoton in die Stille hinein, verfolgte mich hinauf in mein Zimmer. Ich schlüpfte hinein, schloß die Tür und drehte den Schlüssel um. Ich blieb im Dunkeln stehen, bis meine Augen wieder sehen konnten. Draußen brummte ein Lastwagen den Berg hinauf, in der Ferne blökte eine Hupe.

Ich lauschte auf die bekannten Geräusche, und dann spannten sich meine Züge, als ich andere Töne dazwischen heraushörte. Es war ein halbersticktes Flüstern mit vielen Pausen. Und dann wußte ich, daß es Schluchzer aus dem anderen Zimmer waren. Ich trat auf den Flur hinaus und klopfte an Nicks Tür.

Seine Füße polterten auf den Boden, aber er stand nicht auf. Ich hörte ihn keuchen.

»Ich bin's, Joe. Mach auf.«

Ich hörte es pfeifen, als er die Luft abließ. Die Bettfedern knarrten, auf dem Weg zur Tür fiel er einmal hin, dann wurde der Riegel zurückgeschoben. Ich sah die roten Flecke in seinem

Gesicht, die Risse über den Augen, und ich packte ihn, ehe er wieder umfiel. »Nick! Was ist denn los?«

»Ich bin – okay.« Er stützte sich auf mich, ich brachte ihn ans Bett zurück. »Aber du hast vielleicht 'ne Sorte Freunde, mein Lieber.«

»Laß die Witze. Was ist passiert? Wer hat dich zusammengeschlagen? Verdammt noch mal, wer war's?«

Nick brachte es tatsächlich fertig zu lächeln. »Du steckst verdammt in der Patsche, Joe.«

»Weiß ich.«

»Ich hab' nichts gesagt. Sie waren hier, haben Fragen gestellt. Haben — haben wohl nicht geglaubt, was ich ihnen erzählte. Da haben sie mich bearbeitet.«

»Die verdammten Schufte! Hast du sie erkannt?«

Sein Lächeln wurde verzerrt, er nickte. »Klar, Joe, ich kenn' sie. Der Dicke saß im... im Wagen, während sie mich prügelten.« Er preßte die Lippen aufeinander. »Es hat weh getan... mein lieber Mann, das hat vielleicht weh getan.«

»Hör zu«, sagte ich. »Wir...«

»Nein, Joe. Ich hab' genug. Ich will nichts mehr wissen. Dieser Renzo... er hat ganz üble Schläger. Siehst du, was sie mit mir gemacht haben, Joe? Einer... hat mit dem Revolver zugeschlagen. Du hättest bei Gordon bleiben sollen, Joe. Warum, zum Teufel, hast du dich nur mit diesen Ganoven eingelassen?«

»So war's ja nicht, Nick. Es war anders. Und wir machen das wieder glatt. Ich rechne mit diesem dicken Schuft ab, und wenn's das letzte ist, was ich tue.«

»Es ist bestimmt das letzte. Ich soll dir was ausrichten, Joe. Du sollst hierbleiben, verstehst du? Wenn man dich mit anderen dicken Leuten in dieser Stadt zusammen sieht – dann ist es aus. Kapiert?«

»Klar. Renzo hat mir das schon selber gesagt. Er hätte dich dazu nicht mehr gebraucht.«

»Joe...«

»Ja?«

»Er sagte, du sollst mich genau anschauen. Ich sei ein Beispiel. Du sollst tun, was er dir gesagt hat.«

»Er weiß, was er mich kann.«

»Joe – um meinetwillen. Hör auf damit, ja? Mir geht's gar nicht gut. Ich werd' jetzt eine Weile nicht arbeiten können.«

Ich streichelte seinen Arm, angelte einen Hunderter aus der Tasche und drückte ihm den in die Hand. »Mach dir keine Gedanken mehr«, sagte ich.

Er starrte ungläubig den Geldschein an, dann mich.

»Mit Geld kann man das nicht abmachen, Joe. Besser wär's, wenn du mir vom Leib bliebst, eine Weile jedenfalls. Okay?« Er lächelte wieder, diesmal verlegen. »Trotzdem besten Dank für den Hunderter. Wir waren ganz gute Freunde, nicht?«

»Na klar, Nick.«

»Und wir werden's auch wieder. Laß mich jetzt schlafen. Und du – paß auf dich auf.« Er schlug die Hände vors Gesicht. Ich hörte, wie er wieder zu schluchzen begann, und verfluchte die ganze Welt im allgemeinen und Renzo im besonderen. Ich verfluchte den ganzen Sumpf. Als ich damit fertig war, stand ich auf und ging zur Tür.

Hinter mir sagte Nick: »Joey...«

»Ja?«

»Es ist was ganz Verrücktes mit dieser Stadt los. Überall wird geflüstert – es wird eine Menge Stunk geben. Und alle sind sie hinter dir her. Wirst du aufpassen?«

»Na klar.« Ich öffnete die Tür, schloß sie leise von draußen und ging in mein Zimmer. Ich zog mich aus und legte mich ins Bett.

Meine Wirtin wartete bis drei Viertel zwölf, ehe sie an der Tür zu klopfen begann. Sie pochte nicht wie sonst. Kein Donnern und Poltern, nur ein behutsames Klopfen, das sich verstärkte, bis ich »Ja?« rief.

»Mrs. Stacey, Joe. Wollen Sie nicht aufstehen? Unten wartet ein Mann auf Sie.«

»Was für ein Mann?«

Jetzt drehte sich der Türknopf langsam, die Tür ging einen Spalt auf. Die Stimme klang rauh und schien nervös. »Er hat altes Zeug an, und draußen steht ein städtischer Sprengwagen. Aber er ist bestimmt nicht wegen meiner Wasseruhr gekommen.«

Ich mußte schmunzeln. »Ich komm' gleich runter.« Ich spritzte mir Wasser ins Gesicht, rasierte mich und zog mir das Pflaster vom Nasenbein. Die Nase war auf einer Seite dick geschwollen, das Blau reichte bis zur Oberlippe. Ein Auge war purpurrot.

Ehe ich das Jackett anzog, stopfte ich die Banknoten in ein Loch im Ärmelfutter, dann sah ich in Nicks Zimmer nach. Auf dem Kissen entdeckte ich Blutspuren, alles war in Unordnung, aber irgendwie hatte Nick es fertiggebracht, sich aufzurappeln und arbeiten zu gehen.

Der Mann, der im Sessel am Fenster saß, war klein und wirkte drahtig. Seine Fingernägel hatten Trauerränder, der Bart sproß in Stoppeln. An seinem Gürtel steckten ein paar Werkzeuge, aber das war nur Tarnung. Weiter hinten im Gürtel steckte nämlich auch eine Pistole, und ich sah, was auch Mrs. Stacey erkannt hatte: Der Mann roch zehn Meilen gegen den Wind nach Polizei.

Er musterte mich, nickte und sagte: »Joe Boyle?«

»Und wenn ich nein sage?« Ich setzte mich ihm gegenüber und verriet ihm durch mein Grinsen, daß ich alles wußte. Obwohl er das begriff, ließ er es sich nicht anmerken.

»Captain Gerot hat mir erzählt, Sie seien zur Zusammenarbeit bereit. Stimmt das?«

Innerlich amüsierte er sich wohl darüber, daß er so betont höflich war, obwohl er's gar nicht zu sein brauchte. »Wieso?« fragte ich. »Alle Welt hält mich mit einem Male für überaus wichtig.«

»Das sind Sie auch, junger Mann, das sind Sie ganz gewiß. Sie sind der einzige, der uns einen Mann identifizieren kann, den wir ganz dringend suchen. Und deshalb werden Sie mitmachen.«

»Wie ein braver Bürger?« Ich ging auf seinen Ton ein. »Wieviel steht denn auf Vetters Kopf — und was fällt davon für mich ab?«

Der Spott in seinen Augen wandelte sich in Hohn. »Einige Tausende sind ausgesetzt, junger Mann, aber Sie kriegen nichts davon. Sie tun nur brav Ihre Pflicht. Zu viele Kollegen haben schon viel zu viele Überstunden gemacht wegen diesem Vetter, als daß ein hergelaufener Gassenjunge ihre Prämien einstreichen dürfte. Und nun will ich Ihnen erzählen, warum Sie mitspielen müssen. Es geht doch auch um ein Mädchen, verstehen Sie? Um Helen Troy. Es gibt Mittel und Wege, sie wegen einer ganzen Reihe verschiedener Delikte zu belangen. Wenn Sie Helen nicht hinter Gittern sehen wollen, dann machen Sie mit. Alles klar?«

Ich gab ihm einen Namen, der ihm bis in die Fußspitzen paßte. Es machte seinem Grinsen gar nichts aus. »Und noch etwas«, sagte er. »Wenn Sie mich reinlegen wollen, dann werden Ihnen die bisherigen Schläger wie Schulbuben erscheinen, an mir gemessen. Ich mag harte Burschen. Es macht mir Spaß, sie durchzukneten. Außerdem weiß ich alles, worauf es ankommt. Zum Beispiel von gestern abend. Die Boys haben Sie bezahlt, um zu Vetter geführt zu werden. Mark Renzo zahlt dafür auf seine Weise. Und nun schlage ich Ihnen ein Geschäft vor. Zum Teufel, Sie brauchen ja nicht drauf einzugehen, Sie können tun, was Ihnen paßt. Drei Parteien sind scharf auf Ihr Wissen, aber ich bin der einzige, der so zuschlagen kann, daß es wirklich schmerzt.

Denken Sie mal drüber nach, Joey-boy. Denken Sie scharf nach, aber tun Sie's rasch. Ich warte auf einen Anruf – und ich weiß immer, wo Sie sind. Manchmal bin ich ein bißchen ungeduldig, deshalb lassen Sie mich lieber nicht zu lange warten. Sonst müßte ich ein wenig nachhelfen.« Er stand auf, streckte sich und fuhr sich über die Augen, als sei er müde. »Fragen Sie einfach nach Sergeant Gonzales«, sagte er. »Das bin ich.«

Er klopfte auf die Werkzeuge an seinem Gürtel und blieb an der Tür stehen.

»Ekelhaft, wenn man so klein ist, nicht wahr?« sagte ich. »Man muß dauernd was dagegen tun.«

Die Antwort war aus seinen Augen zu ersehen: reiner, kalter Haß. Er starrte mich lange an, wie eine Schlange das Kaninchen, wenn sie noch keinen rechten Hunger hat. Der Blick sagte: Warte nur ein Weilchen, Freund. Wart nur, bis ich richtigen Hunger habe.

Ich sah dem davonrollenden Wagen nach, dann setzte ich

mich ans Fenster und schaute auf die Straße. Es dauerte fast eine Stunde, bis ich den ersten entdeckte, der zweite fiel mir zehn Minuten später auf. Vielleicht waren es noch mehr, aber die sah ich nicht. Ich ging in die Küche zurück und spähte durch die Vorhänge auf die glatten Rückfronten der Lagerhäuser gegenüber. Mrs. Stacey sagte nichts. Sie hockte über ihrem Kaffee und klapperte mit dem Gebiß.

»Jemand hat oben in der Großhandlung die Fenster geputzt«, sagte ich.

»Ein Mann war's. Ganz früh heute morgen.«

»Sie sind nicht geputzt worden, seit ich hier wohne.«

»Seit zwei Jahren nicht.«

Ich drehte mich um, und sie sah mich an, als hätte sie was zu Tode erschreckt. »Wieviel kriegen Sie denn von denen?« sagte ich.

Sie brachte den gierigen Ausdruck nicht aus dem Gesicht, so indigniert sie sich auch dreinzuschauen bemühte. Sie öffnete den Mund, um etwas zu sagen, da klingelte das Telefon und ersparte ihr die Ausrede. Ein paar Sekunden danach kam sie wieder und sagte: »Für Sie. Ein Mann.«

Dann blieb sie hinter der Tür stehen, wie immer, wenn jemand telefonierte. »Joe Boyle«, sagte ich, mehr nicht. Ich ließ den anderen seine paar Worte sagen, und als er zu Ende war, legte ich auf.

Ich fühlte, wie es in mir zu kochen begann. Ein unangenehmes Gefühl – am liebsten möchte man etwas zerschlagen. Niemand fragte mich, alle befahlen nur, und ich sollte gehorchen. Ich war der Prügelknabe, ein armer Teufel von Junge, der zufällig zwischen die Räder geraten war und den man nach Belieben herumstoßen konnte.

Vetter, sagte ich mir immer wieder. Vor Vetter standen sie alle Todesängste aus. Der Kerl besaß etwas, da konnten sie nicht dran tippen. Er war abgebrüht. Er war gerissen. Er plante einen Mord, und wenn je einer nötig gewesen war, dann jetzt. Alle waren scharf auf ihn; gleichgültig, wie viele unbeteiligte Menschen ihnen im Weg standen – sie würden sie mit Kugeln durchsieben, bis eine Kugel Vetter traf. Ja, sie waren verteufelt scharf auf ihn. So scharf, daß sie sich gegenseitig umbringen wollten, wenn nur auch er dabei mit vor die Hunde ging.

Ich zog meine Jacke an und ging hinaus. Ich schlenderte bis zur Ecke, stieg in einen Bus, der stadteinwärts fuhr, setzte mich und sah mich nicht mal um. An der Ecke Third und Main sprang ich ab, ging in eine Cafeteria und aß zu Mittag. Ich ließ Mrs. Stacey Zeit zum Telefonieren, ließ mich von den anderen gut im Auge behalten, dann winkte ich einem Taxi und gab dem Fahrer Helens Adresse. Unterwegs sah ich zweimal zum Rückfenster hinaus; der hellblaue Chevvy folgte getreulich mit zwei Wagen Abstand. Es war mir gleichgültig, ob die Kameraden darin auch so gewitzt waren, den schwarzen Caddie zu bemerken, der ihnen folgte.

Ich hieß den Fahrer an der Ecke zu halten und bezahlte ihn. In der Straße war keine Parklücke frei, folglich mußten die Jungs in den beiden Wagen doppelparken oder um die vier Ecken fahren — jedenfalls würde ich sie dadurch zu Gesicht bekommen.

Ich mußte eine ganze Minute warten, nachdem ich auf den Klingelknopf gedrückt hatte, dann öffnete sich die Haustür. Ich stieg die Treppe hinauf, klopfte ein paarmal an die Wohnungstür und marschierte geradewegs auf diese bemerkenswerten Augen zu, die noch hübscher als letztes Mal waren. Erst schauten sie besorgt und dann erleichtert drein, als sie mich erkannten. Sie ergriff mich am Arm, zog mich lächelnd hinein und blieb mit dem Rücken zur Tür stehen.

»Joe, du kleiner Dickkopf!« Sie lachte. »Ich hab' mir deinetwegen Gedanken gemacht. Tu so was nie wieder.«

»Ich mußte, Helen. Ich wollte auch gar nicht mehr herkommen, aber das mußte ich nun ebenfalls.«

Sie runzelte die Stirn, vielleicht der Art wegen, wie ich das gesagt hatte. »Du bist ein seltsamer Junge.«

»Sag das nicht, bitte.«

In ihren Augen schaltete etwas. »Nein. Vielleicht sollte ich das wirklich nicht sagen.« Sie sah mich durchdringend an, nicht scharf, aber ihr Blick ging durch und durch. »Ich habe ein komisches Gefühl, wenn ich dich so ansehe. Ich weiß selbst nicht, warum. Manchmal denke ich, es kommt daher, daß ich einen Bruder hatte, der auch immer in der Klemme steckte. Immer passierte ihm etwas. Ich hab' mir seinetwegen auch viele Sorgen gemacht.«

»Was ist aus ihm geworden?«

»Er ist gefallen.«

»Entschuldige...«

Sie schüttelte den Kopf. »Er ging nicht etwa zur Armee, weil er ein Patriot war. Er und sein Freund hatten eine Kneipe überfallen. Der Wirt wurde erschossen. Als sie herauskriegten, wer es war, lebte mein Bruder schon nicht mehr.«

»Du bist auch dein ganzes Leben lang nur immer davongelaufen, nicht wahr?«

Sie schlug einen Moment die Augen nieder. »So kann man es nennen.«

»Und was hält dich hier?«

»Dreimal darfst du raten.«

»Wenn du Geld hättest, würdest du abhauen? Irgendwohin, wo dich niemand kennt?«

Sie lachte auf, kurz und humorlos. Das war Antwort genug. Ich griff in den Ärmel, holte das Geld heraus und nahm zwei Scheine für mich weg. Den Rest drückte ich ihr in die Hand, ehe sie noch begriff, was eigentlich los war. »Verschwinde. Nimm dir nicht mal Zeit zum Packen. Verschwinde aus dieser Wohnung und bleib zunächst auf Achse.«

Ihre Augen waren groß und rund und ungläubig und dann ein wenig verschleiert, als unsere Blicke sich trafen und sie ein bißchen den Kopf schüttelte und sagte: »Joe... warum?«

»Wenn ich's sage, klingt's albern.«

»Sag's trotzdem.«

»Vielleicht sag' ich's dir, wenn ich mal richtig erwachsen bin.«

»Dann jetzt.«

Ich spürte, wie in mir wieder etwas zu zerspringen drohte, meine Zunge wollte sich nicht rühren, aber ich sagte: »Manchmal kann wohl auch ein Junge 'ne Menge für eine Frau empfinden. Dumm, wie?«

»Joe«, sagte Helen leise und nahm meinen Kopf in ihre Hände; ihre Lippen fühlten sich auf meinen wie eine Fackel an.

Ich mußte alle Kraft zusammennehmen, daß ich sie wegstieß und nicht an mich preßte. Ich drückte sie mit beiden Händen, ganz fest, dann riß ich die Tür auf und machte, daß ich fortkam. Hinter mir hörte ich noch einen Schluchzer und noch einmal meinen Namen.

Ich rannte die Treppen hinunter.

Der blaue Chevvy stand auf der anderen Straßenseite. Er schien leer zu sein. Ich machte mir nicht die Mühe, ihn näher zu besichtigen, ich wollte nur eins: Wer mir auch auf den Fersen war, sollte mir von hier weg folgen. Und damit das auch bestimmt passierte, gab ich mir einige Mühe. Für meine Verfolger muß es so ausgesehen haben, als sei ich schrecklich aus dem Häuschen und unterwegs zu einer wichtigen Verabredung. Auf diese Weise brauchte ich eine volle Stunde, um im *Clipper* anzulangen, wo der einzig wichtige Gast Bucky Edwards war, diesmal nüchtern.

Er nickte, sagte: »Bier?«, und als ich den Kopf schüttelte, bestellte er ein großes Glas Orangensaft. »Hab' mir schon gedacht, daß du früher oder später wieder auftauchst.«

»Ach?«

Das pfiffige alte Gesicht bekam noch ein paar Falten mehr. »Wie fühlt man sich denn so als Lebendköder?«

»Aber, Großmutter, was habt Ihr denn für große Ohren...«

»Ich komme eben rum.« Er stieß mit seinem Bier auf meinen Saft an, stellte das Glas wieder hin und meinte: »Du steckst bis über beide Ohren im Dreck, Joe. Vielleicht weißt du das noch gar nicht.«

»Ich weiß es genau.« Ich schielte ihn von der Seite an, er sah aus, als schnuppere er etwas, das ihm wenig gefiel; sein Blick war eiskalt. »Aber was weißt du, Bucky?«

Er zuckte knapp die Schultern. »Phil Carboy hat wohl nicht umsonst Posten aufgestellt, am Bahnhof und an der Bushaltestelle. Auf den Landstraßen läßt er Streife fahren. Er will ganz sichergehen, scheint mir.«

Er sah mich an, aber ich nickte nur.

»Auch Renzo läßt alle Puppen tanzen. Er hält die Zügel straff. Seine Knechte werden schon nervös, aber sie können nichts unternehmen. No, Sir, nicht die Bohne. Es ist wie im

Krieg: Alle warten auf den großen Knall.« Um seinen entschlossenen Mund blitzte ein Lächeln auf. »Und du bist der Schlüssel, Junge. Wenn ich einen Ausweg für dich sähe – ich würde ihn dir empfehlen.«

»Was, wenn ich zur Polizei gehe?«

»Zu Gerot?« Bucky schüttelte den Kopf. »Dir wäre nur geholfen, solange er dich in einer Zelle versteckt. Manche Leute möchten auch über ihm das Gras wachsen sehen. Er hat die verdammte Unart, unbestechlich zu sein. Laß dir gelegentlich mal seine Narben zeigen. Es wäre alles nicht so schlimm, wenn er *nur* unbestechlich wäre, aber obendrein ist er auch raffiniert und hart bis zur Gemeinheit.«

Ich trank das Glas halb aus und stellte es in den feuchten Ring auf der Theke. »Komisch, wie's manchmal so geht. Alles wegen Vetter. Und er ist wegen Jack Cooley hier.«

»Ich hab' mich schon gefragt, wann du dahinterkämst, Junge«, sagte Bucky.

»Hinter was?«

Er sah mich nicht an. »Für wen arbeitest du nun wirklich?«

Ich wartete eine ganze Weile, bis er den Kopf wandte. »Ich hab' einen Wagen mit Alteisen durch die Gegend geschoben, mein Lieber. Mir ging's dabei ganz gut. Ich hab' keinen Ärger gesucht. Aber nun bin ich verdammt neugierig geworden. Ich will wissen, was hinter all dem steckt. Und so oder so werd' ich's auch rauskriegen. Man hat mir Geld gegeben, aber man glaubt nicht dran, daß ich viel davon ausgeben kann. Wenn alles vorbei ist, werde ich liquidiert und alles läuft wieder wie zuvor – wie das auch sein mag. Eben das will ich wissen, und deshalb spiele ich Köder. Mit wem soll ich reden, Bucky? Du kennst dich doch aus. Wohin muß ich gehen, um etwas zu erfahren?«

»Cooley hätte es dir erzählen können«, sagte er gelassen.

»Unsinn. Er ist tot.«

»Vielleicht verrät er dir trotzdem was.«

Ich umklammerte das Glas. »Du meinst doch nicht das Gerede, daß es Cooley erwischt hätte, weil er an Renzos Tischen zuviel gewann?«

»Kaum.«

»Tu mir einen Gefallen und sprich mal nicht in Rätseln. Oder zitterst du auch vor diesen Strolchen? Wenn du wirklich was weißt, dann pack's aus.«

Buckys Brauen zuckten hoch, dann senkten sie sich langsam wieder über das Schmunzeln in seinen Augen. »Worte können billig sein, mein Sohn«, sagte er. »Aber das Leben ist ziemlich kostspielig.« Er nickte weise vor sich hin. »Ich hab' Cooley an mancherlei Orten getroffen, auch dort, wo er nicht hingehörte. Er war ein Mann, der sich überall umsah. Vielleicht hat er dabei was entdeckt.«

»Zum Beispiel?«

»Zum Beispiel, weshalb es in dieser früher so friedlichen Stadt Gangster und Verbrecherbanden gibt. Weshalb wir bezahlte Politiker haben, und so weiter und so fort...«

»Wo hast du Cooley getroffen, wo er nicht hingehörte?«

»In Kneipen am Fluß. Aber vielleicht mochte er nur gern Fisch.«

Man wußte genau, wann Bucky mit Reden fertig war. Ich ging zur Main Street, suchte nach einem Film, den ich noch nicht gesehen hatte, und ging ins Kino. Es gab eine Menge Dinge, über die ich nachdenken wollte.

Um Viertel nach elf war die Vorstellung zu Ende. Die Glastür des Kinos spiegelte meinen Schatten wider, aber ich sah mich nicht um. Vielleicht stand noch einer unter den Leuten, die vor dem Kino herumlungerten. Vielleicht auch zwei. Niemand schien mich zu beachten, und mir war das auch gleichgültig.

Ich wartete auf einen Bus, fuhr einen knappen Kilometer weit, stieg dann an einem dunklen Supermarket aus und ging zu Fuß weiter. Die Gegend hier war zum Gruseln. Ein Optimist hatte mal angefangen, eine Fabrik zu bauen und zu betreiben – bis der Sumpf sich gemeldet hatte. Als das Fundament nachgab und die Mauern Risse bekamen, zog man aus. Das schwarze Gerippe der Hallen war alles, was übrigblieb. Trotz allem wohnten hier noch Menschen. Das runde Dutzend Häuser mit ehemaligen Werkswohnungen stand noch am Rande des Sumpfgebiets, hinter ein paar Fenstern brannte trübes gelbes Licht, der Gestank von Unrat und Abschaum wetteiferte mit dem Sumpfnebel um die Vorherrschaft. Man hörte die Leute auch und wußte, daß sie einen beobachteten, von den Schatten ihrer Vordächer unsichtbar gemacht. Man fühlte, daß sie in ihren Buden umherkrochen und sich den Schnaps in die Hälse gossen, den sie aus allem brannten, das ihnen in die Finger fiel.

Von Süden her dröhnte dumpf das Rollen eines Zuges; das eine Auge der Lok leuchtete auf die Gleise über der Bay und folgte ihnen. Der Güterzug rumpelte näher, verlangsamte an der Kurve vor dem Sumpf die Fahrt, und ich hörte die Betrunkenen schimpfen, während sie absprangen und nach der einzigen Straße dieser Gegend suchten, die zu ihrem Nachtquartier führte.

Das Zirkusplakat hing am Bretterzaun. Im Dunkeln war es nichts weiter als ein helles Viereck, aber als ich mir eine Zigarette anzündete, sah ich die matten orangefarbenen Kleckse, die einmal wilde Tiere dargestellt hatten. Das Streichholz verlöschte, ich brannte ein neues an, setzte das Stäbchen in Betrieb und stand ein Weilchen in der Dunkelheit herum.

Die Stimme sprach leise. Eine sanfte, gelassene Stimme, schwächer als Geflüster. »Einer steht hinten an der Ecke. Dreißig Meter weiter noch einer.«

»Ich weiß«, sagte ich.

»Du hast aber Nerven.«

»Laß die Späße. Ich hab' deine Nachricht erhalten. Tut mir leid, daß ich so kurz angebunden war, aber zwei bezahlte Ohren hörten mit.«

»Und mir tut's leid, daß Renzo dir so mitgespielt hat.«

»Mir vielleicht nicht?«

Hinten auf der Straße hustete einer, und ich drückte mich weg vom hellen Plakat an den Zaun. Das Husten ertönte nochmals, jetzt aber weiter entfernt, und mir war wieder leichter ums Herz. Ich sagte: »Was gibt's?«

»Heute früh war ein Polizist bei dir.«

»Ich weiß.«

»Hinter dir marschiert ständig eine ganze Wachtkompanie her.« Eine Pause, dann: »Was hast du ihnen erzählt?«

Ich zog an der Zigarette, ließ den Rauch an den Brettern hochsteigen. »Ich hab' ihnen erzählt, er sei groß und hartgesotten. Ich hätte sein Gesicht nicht richtig sehen können. Was sollte ich ihnen denn sonst erzählen?«

Ich hatte das Gefühl, daß er lächelte.

»Die haben jetzt ganz schön die Hosen voll«, sagte er.

Ich schmunzelte auch. »Vetter – sie hassen den Namen. Er läßt ihnen die Haare zu Berge stehen.« Ich zog wieder an meiner Zigarette. »Mir gehen sie auch hoch, wenn ich zuviel an die Sache denke.«

»Du brauchst dir keinerlei Gedanken zu machen.«

»Vielen Dank.«

»Mach einfach so weiter. Weißt du, wohinter sie her sind?«

Ich nickte, wenn er mich auch nicht sehen konnte. »Cooley spielt irgendeine Rolle dabei. Es ging um etwas, wovon er wußte.«

»Kluges Kind. Ich wußte gleich, daß du ein kluges Kind bist, als ich dich zum erstenmal traf. Ja, Cooley hat damit zu tun.«

»Wer war Cooley?« fragte ich.

Einen Augenblick lang herrschte Schweigen. Ich hörte ihn atmen und seine Füße scharren, sonst nichts. Das rote Licht am letzten Güterwagen blinzelte mich an, und ich wußte, daß wir es kurz machen mußten.

»Ein Abenteurer, mein Sohn. Ein verwegener Abenteurer, der überall jagte, wo es sich lohnte und wenn die Gelegenheit günstig war. Er war ganz versessen auf günstige Gelegenheiten. Er bekam heraus, wo Rauschgift durch neue Kanäle hereingeschmuggelt wurde, und da hat er sich ein bißchen eingeschaltet. Man sagt, es seien vier Millionen gewesen. Die Ladung war im voraus bezahlt, und er ist ihnen damit durchgegangen; sie blieb verschwunden. Und nun ist bei den Boys alles am Dampfen.«

Der Güterzug war fast vorbei. »Wenn ich dich brauche, rufe ich an«, sagte er.

Ich warf den Stummel weg und sah zu, wie er funkenstiebend über die Steine hüpfte. Ich ging noch ein Stückchen weiter, guckte auf die Lichter der Stadt, und als ich davon genug hatte, wanderte ich zurück.

An einem Baum meinte der Kerl, der dort auf mich gewartet hatte: »Du dachtest doch nicht etwa dran, auf diesen Güterzug zu springen, Junge?«

Ich bekam es nicht mit der Angst, wie er sicher gemeint hatte. »Wenn ich wegfahren will, fahre ich«, sagte ich.

»Aber vergiß nicht, Mr. Carboy vorher Bescheid zu geben.«

»Ich werd's ihm rechtzeitig sagen«, meinte ich.

Er blieb, wo er war, folgte mir nicht. Ich schlenderte an den leeren Hallen vorüber. Als ich die einsame Laterne an der Ecke der Main Street sah, war mir wieder wohler. Ich konnte niemand sehen, aber das täuschte. Irgendwo stand immer noch einer.

Ich mußte zehn Minuten auf den Bus warten, und die Zeit dehnte sich. Ich blieb mitten im gelben Lichtkreis stehen und dachte an die Stimme hinterm Zaun und an das, was sie gesagt hatte. Als der Bus hielt, stieg ich ein und fuhr mit bis zur City. Jetzt sah ich hinter vielen Dingen einen Sinn, Mosaiksteinchen fielen zu einem Bild zusammen. Ich betrat einen Drugstore, der die ganze Nacht geöffnet war, ließ mir an der Theke etwas zu trinken geben, dann trat ich in eine Telefonzelle.

Ich wählte die Nummer der Polizei und verlangte Gonzales, Sergeant Gonzales. Es klickte ein paarmal, dann meldete er sich: »Gonzales am Apparat.«

»Hier spricht Joe, Herr Wachtmeister. Kennen Sie mich noch?«

»Werden Sie ja nicht zu grün, Freundchen«, sagte er. In seiner Stimme steckte ein Messer.

»Phil Carboy hat mir allerhand Moos gegeben, damit ich ihm Vetter zeige. Er läßt mich von seinen Leuten beschatten.«

Sein Bleistift klopfte wie ein Uhrwerk an den Telefonapparat. Schließlich sagte er: »Ich hab' mich schon gefragt, wann Sie endlich anrufen würden. Sie haben Glück gehabt, Joe. Ein Weilchen dachte ich, ich müßte Sie zur Zusammenarbeit überreden. Sie haben wirklich Glück gehabt. Halten Sie mich auf dem laufenden.«

Ich hörte es knacken und zischte in die tote Leitung, was ich ihm am liebsten ins Gesicht gesagt hätte. Dann angelte ich nach einer weiteren Münze, warf sie ein und wählte nochmals dieselbe Nummer. Diesmal verlangte ich Captain Gerot. Der Mann in der Vermittlung sagte, er sei gegen sechs weggegangen, wahrscheinlich aber in seinem Club zu erreichen. Er gab mir die Nummer, und ich versuchte es dort. Jemand belehrte mich, Gerot sei vor etwa einer Stunde weggefahren, werde aber wohl mal wieder nachhören, ob Nachrichten für ihn vorlägen. Ob ich eine hinterlassen möchte? Ich bat ihn, sich Gerots Nummer geben zu lassen, damit ich ihn selber anrufen konnte, dann hängte ich ein.

Bis ich Bucky Edwards aufgetrieben hatte, dauerte es ein bißchen länger. Er hatte zu lange im eigenen Saft geschmort und war fast schon ganz weggetreten. »Bucky«, sagte ich, »ich brauche ganz dringend etwas: Jack Cooleys letzte Adresse. Weißt du sie noch?«

Er summte vor sich hin. »'ne Pension zwischen Wells und Capitol. Weißes Haus, Joe. Einziges weißes Haus weit und breit.«

»Danke, Bucky.«

»Ärger gekriegt, Joe?«

»Noch nicht.«

»Dann kommt's noch. Jetzt kommt's ganz bestimmt.«

Das war's. Er legte den Hörer so behutsam auf, daß es nicht mal klickte. Zum Teufel, dachte ich, er weiß genau, was los ist – aber er macht den Mund nicht auf. Er weiß alles, aber er behält's für sich.

Ich trank noch etwas an der Theke, kaufte mir Zigaretten und blieb vor der Tür stehen, um mir eine anzustecken. Auf der Straße wurde es ruhiger. Auf beiden Seiten standen dicht an dicht die geparkten Wagen, tote Blechdinger, die bis zum Morgen schliefen.

Aber nicht alles schlief. Ich glaubte, in einer Toreinfahrt gegenüber eine Bewegung zu erkennen. Ich wandte mich nach Norden und schritt rasch aus, bis ich in der Benson Road war. Dort suchte ich das große Gelände mit den Gebrauchtwagen.

Und jetzt bekamen sie eine harte Nuß zu knacken. Jetzt waren wir in meinem Gärtchen, und wenn sie sich hier nicht sehr gut auskannten, dann würde es ein paar Schrammen geben. Sie waren ja nicht dumm, diese Brüder. Sie hatten ja selbst schon andere abgehängt und kannten die gängigen Tricks. Fast alle, jedenfalls. Sie würden merken, wenn ich den Kopf aus der Schlinge zu ziehen versuchte, und dann aufhören, Versteck zu spielen und aufs Ganze gehen. Sie würden sich nicht das Genick bei einer wilden Jagd brechen, wenn sie es einfacher haben konnten.

Sie durften es also möglichst lange nicht merken.

Ich überquerte den Platz, schlängelte mich durch die Wagenreihen, ging durch die Gasse hinter den Häusern und hielt mich dicht an den Hecken, bis ich fast am Ende war. Dann hatte ich schon einigen Vorsprung. Wenn ich mich jetzt umsah, verdarb ich alles, folglich blickte ich nicht zurück. Wo die Gasse sich gabelte, ging ich noch ein Stückchen weiter, dann blieb ich unter der einzigen Laterne stehen, absichtlich und ohne mich zu beeilen, damit sie mich gut sehen konnten. Ich tat so, als suche ich in der Dunkelheit ein bestimmtes Haus, und als ich mich scheinbar für eins entschieden hatte, ging ich durch die Tür im Zaun.

Danach sputete ich mich. Ich schnitt den Weg ab, gelangte auf die Straße und überquerte sie dort, wo kein Licht brannte. Ich kam wieder auf die Main Street, winkte einem vorüberfahrenden Taxi und ließ mich durch die ganze Stadt bis an die Docks bringen. Dort brauchte ich noch eine Viertelstunde für den Weg zu dem weißen Haus, von dem Bucky mir erzählt hatte. Ich grinste vor mich hin und überlegte, ob die Jungs wohl immer noch das Haus bewachten, in das ich ihrer Meinung nach gegangen war. Vielleicht dauerte es noch ein Weilchen, bis sie dahinterkamen.

Jedenfalls lang genug für mich.

Der Kerl, der mir die Tür öffnete, hatte sich in einen Bademantel gewickelt, das Haar hing ihm wirr ins Gesicht. Er musterte mich griesgrämig, war nicht von Herzen höflich, aber weil ihm der Mumm fehlte, blieb er's doch. »Wenn Sie ein Zimmer suchen«, sagte er, »müssen Sie morgen früh wiederkommen, tut mir leid.«

Ich zeigte ihm einen Geldschein.

»Tja ...«

»Ich suche kein Zimmer.«

Er sah wieder auf die Banknote, ein kurzer Schreck zuckte ihm übers Gesicht. Seine Augen wurden groß, blickten mich genauer an — und wurden neugierig. »Kommen Sie rein.«

Die Tür fiel ins Schloß, er ging um mich herum in ein kleines Zimmer und schaltete eine Tischlampe ein. Sein Blick wanderte zum Geld zurück. Ich gab's ihm und sah es im Bademantel verschwinden. »Ja, bitte?«

»Jack Cooley.«

Die Worte veränderten sein Gesicht. Er erschrak wieder, aber nicht so sehr wie zuvor.

»Ich weiß wirklich nicht...«

»Keine Schau, bitte. Ich bin bei niemandem angestellt. Ich war nur mit ihm befreundet.«

Nun runzelte er die Stirn, er glaubte mir nicht.

»Vielleicht sehe ich nicht so aus«, meinte ich, »aber wir waren wirklich Freunde.«

»So? Und was wünschen Sie?« Er leckte sich die Lippen und schien nach einem Geräusch über uns zu lauschen. »Alle möglichen Leute waren schon hier. Polizei, die Zeitungen. Diese — Männer aus der Stadt. Alle wollten was von mir.«

»Hat Jack irgend etwas hinterlassen?«

»Natürlich. Kleidungsstücke, Briefe, das übliche Zeug. Die Polizei hat alles mitgenommen.«

»Haben Sie etwas davon zu Gesicht gekriegt?«

»Na ja — die Briefe stammten von Damen. Nichts Wichtiges.«

Ich nickte, überlegte, was ich noch fragen sollte. »Was hatte er denn für Angewohnheiten?«

Der Mann zuckte die Schultern. »Er zahlte pünktlich. Gewöhnlich kam er spät nach Hause und schlief lange. Er nahm nie Damen mit aufs Zimmer.«

»Das ist alles?«

Er wurde nervös. »Was soll denn sonst noch sein? Ich bin nicht mit ihm ausgegangen. Heute weiß ich, daß er viele Abende bei Renzo verbracht hat. Man hört halt, was die Leute reden. Wollen Sie wissen, welche Zigarettenmarke er bevorzugte? Seine Hobbys vielleicht? Zum Henker, was gibt's da viel zu erzählen? Abends ging er aus. Manchmal ging er angeln. Manchmal...«

»Wo?« unterbrach ich.

»Wo was?«

»Angeln.«

»Mit 'nem Boot. Er lieh sich immer mein Zeug aus. Am Tag, ehe es ihn erwischte, war er auch angeln. Manchmal schenkte er mir eine Freikarte, dann kam ich mal einen Tag von der Alten weg.«

»Wo fahren die Angler denn immer hin?«

Er zuckte wieder die Schultern und spitzte den Mund. »Sie fahren in die Bai bis zur Landspitze, dort tanken sie, laden bei Gulley Bier ein und kreuzen dann noch etwa zehn Meilen weit hinaus. Auf dem Rückweg wird bei Gulley nochmals Bier geladen, und die Angler verkaufen ihm die Fische, die sie selbst nicht haben wollen. Gulley liefert sie in die Stadt. Um diese Zeit sind sie meist schon alle blau.«

Er betrachtete mich nachdenklich. »Wollen Sie ein Buch über Ihren Freund schreiben?«

»Vielleicht. Nicht ausgeschlossen. Ich trauere sehr um ihn.«

»Wenn Sie mich fragen, er hätte sich nie mit Renzo anlegen dürfen. Und jetzt gehen Sie am besten nach Hause und sparen sich künftig Ihr Geld, mein Freund.«

»Ich werde Ihren Rat befolgen«, sagte ich, »und Hausmeister in einer Pension werden.«

Er bedachte mich mit einem trüben Blick, als ich aufstand, und sparte sich die Mühe, mich zur Tür zu bringen. Die Hand mit dem Geld drin steckte noch immer in der Tasche.

Die Straße war leergefegt und dunkel genug, daß ihre Schatten mich verschluckten. Ich hielt mich dicht an den Häusern und blieb ab und zu stehen, um zu horchen. Als ich überzeugt war, daß mir niemand folgte, fühlte ich mich wohler. Ich ging dem Geruch des Wassers nach, der von der Bai heraufstrich.

In der River Road war noch eine Tankstelle beleuchtet; drinnen saß ein Tankwart und hatte die Füße auf dem Schreibtisch. Als ich reinkam, machte er ein Auge auf, gab mir das Wechselgeld, das ich zum Telefonieren brauchte, dann schlief er weiter. Ich wählte die Nummer von Gerots Club, bekam den Mann von vorhin und sagte ihm, was ich wollte. Er gab mir eine andere Nummer, und ich wählte wieder. Zwei Mann meldeten sich nacheinander, dann sagte eine Stimme: »Gerot am Apparat.«

»Hello, Captain. Hier spricht Joe. Ich war...«

»Bin im Bilde«, sagte er.

»Ich habe heute abend bei Sergeant Gonzales angerufen. Phil Carboy hat mir Geld gegeben, damit ich ihnen Vetter zeige. Jetzt habe ich zwei Parteien auf dem Hals.«

»Drei. Vergessen Sie uns nicht.«

»Ich denke schon dran.«

»Wie ich höre, sind Sie recht aktiv, Joe. Die — Parteien sind ziemlich aus dem Häuschen. Wo stecken Sie jetzt?«

Ich glaubte nicht, daß er den Anruf orten ließ, deshalb sagte ich: »In einer Kneipe in der Stadt.«

Seine Stimme klang jetzt freundlicher. »Was ist mit Vetter, erzählen Sie doch mal.«

»Da gibt's noch nichts zu erzählen.«

»Sie haben heute früh einen Anruf erhalten.« Ich spürte, wie es mir eiskalt über den Rücken zu kriechen begann. Sie hatten also meine Leitung schon angezapft. »Die Stimme war uns nicht bekannt und sagte ein paar seltsame Dinge.«

»Ich weiß. Ich hab' auch nicht verstanden, was der Kerl wollte. Wahrscheinlich war's einer von Renzos Bande, der mal auf den Busch klopfen wollte. Sie haben einen Freund von mir bös zugerichtet, nur damit ich sehen soll, wie ein fertiggemachter Kerl aussieht. Hab' nur Bahnhof verstanden.«

Er dachte drüber nach. Als er damit fertig war, meinte er: »Vielleicht, mein Junge. Haben Sie schon von der Dame gehört, mit der Sie bei mir waren?«

Ich kriegte kaum die Worte raus. »Helen? Nein. Was...?«

»Jemand hat auf sie geschossen. Zweimal.«

»Ist sie...«

»Diesmal nicht. Diesmal ist sie noch davongekommen.«

»Wer war's? Wer hat auf sie geschossen?«

»Das, junger Freund, möchten wir auch gern wissen. Sie wartete auf einen Zug, der sie aus der Stadt bringen sollte. Vielleicht haben wir beim nächsten Mal mehr Glück. Es wird ein nächstes Mal geben — falls Sie das interessiert.«

»Ja, es interessiert mich – und besten Dank auch. Wissen Sie, wo sie jetzt ist?«

»Nein, aber wir suchen nach ihr. Hoffentlich finden wir sie zuerst.«

Ich legte auf und versuchte, den trockenen Geschmack im Mund loszuwerden. Als ich glaubte, wieder reden zu können, rief ich in Helens Wohnung an, hängte schließlich wieder ein, als die Klingel lange vergeblich geschrillt hatte, und drückte so lange auf die Gabel, bis meine Münze wieder herausfiel. Ich mußte mir die Nummer von Renzos Club aus dem Buch suchen, und dann erklärte mir eine unfreundlich krächzende Stimme, nein, die Hauptattraktion trete heute abend nicht auf, der Club sei nämlich geschlossen.

Ich blieb wie festgenagelt stehen und redete wütend mit mir selbst. Ich ließ die Gesichter, die ich haßte, vor meinem geistigen Auge paradieren, und dabei beherrschte mich nur ein Gedanke: ich brannte darauf, sie allesamt zu zertreten. Helen hatte auszureißen versucht und war nicht weit gekommen. Wo mochte sie jetzt sein? Wohin läuft ein hübsches blondes Mädchen, das sich verstecken will? Wer würde sie bei sich aufnehmen, wenn er wußte, was los war?

Ich fühlte, wie mir der Schweiß den Nacken hinunterlief und das Hemd tränkte. Ich kam mir vor, als sei ich bis zum Letzten ausgepumpt. Fix und fertig. Ich bestand nur noch aus Haß, aus Haß gegen eine ganze Stadt, gegen die Gangster, die sie beherrschten und die Menschen, die vor diesen Gangstern Angst hatten. Und so war es ja nicht nur in einer Stadt. Es gab mehr von dieser Sorte, überall in den Staaten. Für das Volk und durch das Volk, hatte Lincoln gesagt. Ja, wunderbar.

Ich drehte mich um und ging hinaus. Ich machte mir nicht mal die Mühe, mich umzudrehen. Wenn sie wieder da waren – sollten sie doch kommen. Ich ging eine halbe Stunde lang zu Fuß, dann fand ich an einer Ecke ein Taxi, dessen Fahrer hinterm Steuer saß und schlief. Ich weckte ihn, gab ihm meine Adresse und stieg ein.

Er ließ mich an der Ecke aussteigen, kassierte sein Geld und fuhr davon.

Und dann hörte ich wieder die Stimme und erstarrte, mit

der Zigarette halbwegs an den Lippen. Ich zerquetschte das Streichholzkärtchen in der Hand.

»Los, zünde sie an«, sagte die Stimme.

Ich atmete die Worte mit der ersten Rauchwolke aus »Bist du verrückt? Hier wimmelt's von ihnen.«

»Ich weiß. Nun sei ruhig und hör zu. Das Mädchen weiß Bescheid. Man hat versucht, sie...«

Wir hörten die Schritte gleichzeitig. Sie huschten leise wie Katzenpfoten. Und flink. Dann kam er aus dem Dunkeln, und alles, was ich sehen konnte, war das glitzernde Messer in seiner Hand, und der Schrei, den ich ausstoßen wollte, blieb mir im Hals stecken, weil seine Finger sich in meinen Arm krallten. Ich hatte noch Zeit, ein wettergegerbtes Gesicht zu erkennen, das ich vor nicht allzulanger Zeit schon mal gesehen hatte, ein starres Grinsen darin, dann teilte sich die Nacht abermals, und eine Handkante sauste ihm ins Genick. Er fiel vornüber, den Hals seltsam verdreht und den Mund weit offen. Aber ich wußte, daß dies nur noch einem erstarrten Muskelreflex zuzuschreiben war, denn der Messerheld war tot. Man hörte das Messer über den Bürgersteig klirren und den Körper hart aufschlagen. Am Tag wären die Geräusche untergegangen, aber in der Nacht schallten sie wie Donnerkrachen.

Die Schatten, aus denen die Hand gekommen war, schienen sich zu öffnen und wieder zu schließen, und sekundenlang war ich allein. Nur eine Sekunde lang. Ich hörte das Flüstern, das eine Spur zu laut geraten war. Ein Revolverhahn wurde gespannt, dann tauchte ich in den Schatten der Fassade und rannte los.

Beim dritten Haus huschte ich in die Torfahrt und lauschte. Hinter mir hörte ich sie reden, dann wurde ein Wagen angelassen. Ich verdrückte mich hinter die Häuser, kletterte über Zäune und hielt diesen Kurs. Ich schlüpfte in unsere Kellertür.

Im Erdgeschoß schlich ich in die Diele und griff nach dem Telefon. Ich verlangte die Polizei und wurde verbunden. Ich sagte nur, jemand werde umgebracht und nannte die Adresse. Dann grinste ich ins Dunkle, legte auf, ohne meinen Namen zu sagen und ging hinauf in mein Zimmer. Von weither heulte eine Sirene, kam langsam näher. Ich empfand das Geräusch als angenehm. Es würde auch meinen Freund aus den Schatten warnen. Er war schon ein Mordskerl. Und bärenstark. Der Boss des Messerhelden würde künftig sehr vor Vetter auf der Hut sein.

Ich ging in mein Zimmer, schloß die Tür und griff nach dem Riegel – da knarrte in der Ecke ein Stuhl. Und dann sagte sie: »Hallo, Joe«, und die Luft aus meinen Lungen entwich langsam und zischend.

Ich sagte: »Helen.« Ich weiß nicht mehr, wer von uns auf den anderen zuging. Ich möchte gern glauben, daß sie es war. Plötzlich lag sie in meinen Armen und vergrub ihr Gesicht an meiner Schulter, Schluchzen schüttelte ihren ganzen Körper, während ich ihr einzureden suchte, nun sei doch alles wieder gut. Sie klammerte sich nur noch fester an mich.

»Helen, Helen, beruhige dich. Jetzt kann dir nichts mehr passieren. Du bist in Sicherheit.« Ich hob ihren Kopf an und strich ihr das Haar zurück. »Hör doch zu. Hier bist du sicher.«

Ihr Mund war zu nah, ihre Augen waren zu feucht, und durch meinen Kopf spukten Gedanken, die da nicht hingehörten. Meine Arme schlossen sich fester, und ich fand ihre Lippen, warm und zart, salzig und süß, verzweifelt und stumm wispernd. Aber nun hörte sie zu zittern auf, und als sie sich von mir löste, lächelte sie und sagte leise meinen Namen.

»Wie bist du denn bloß hergekommen, Helen?«

Ihr Lächeln verkrampfte sich. »Ich bin in solch einem Haus aufgewachsen, vor langer Zeit. Da gibt es immer Schleichwege. Ich hab' eben einen gefunden.«

»Ich hab' gehört, was los war. Wer war es?«

Sie zuckte in meinen Händen zusammen. »Ich weiß es nicht. Ich hab' auf den Zug gewartet, als es passierte. Dann bin ich einfach davongelaufen. Als ich auf die Straße kam, fiel wieder ein Schuß.«

»Keine Polizei?«

Sie schüttelte den Kopf. »Es ging alles zu schnell. Ich lief immer weiter.«

»Wissen sie, daß du es warst?«

»Man hat mich auf dem Bahnhof erkannt. Zwei Männer, die meine Show gesehen hatten, sagten mir guten Tag. Du weißt ja, wie das so geht.«

Meine Augen begannen zu schmerzen. »Tu doch nicht so, als sei es was Alltägliches.«

Das verkrampfte Lächeln löste sich. Es war, als könne sie meine Gedanken lesen. Die Spannung schien von ihr abzufallen, sie streichelte mir mit den Fingerspitzen übers Gesicht. »Ich hab' dir doch schon erzählt, daß ich nicht so wie andere Mädchen bin, Joe. Nicht wie die Mädchen, mit denen du ausgehen solltest. Sagen wir, ich hab' so was schon öfter erlebt – und nach einer Weile gewöhnt man sich dran.«

»Helen...«

»Tut mir leid, Joe.«

Ich schüttelte langsam den Kopf. »Nein, mir tut das alles leid. Menschen wie du dürfen nie so werden, wie du jetzt bist. Du nicht.«

»Danke.« Sie sah mich an, und ihre Augen hatten einen eigenartigen Ausdruck, der mir trotz der trüben Beleuchtung nicht entging. Und diesmal ging es ganz langsam, so wie es sein muß. Ich spürte das Feuer, das so nah und keine Täuschung war. Ein Feuer, das alles verzehrt hätte, wenn die Sirene nicht herangeheult und vor dem Haus verstummt wäre.

Ich schob Helen von mir und trat ans Fenster. Die Lichtstrahlen der Stablampen zeichneten Pfade auf den Bürgersteig. Die beiden Polizisten schimpften auf die Verrückten in dieser Gegend – bis einer schwieg, etwas knurrte und den spitzen Stahl aufhob, der am Bordstein gelegen hatte. Aber sonst war nichts zu finden. Sie stiegen wieder in den Streifenwagen und fuhren davon.

»Was war denn das?« sagte Helen.

»Draußen hat ein Toter gelegen. Morgen wird's einigen Wirbel geben.«

»Joe!«

»Mach dir keine Gedanken. Wenigstens wissen wir jetzt, woran wir sind. Es war einer von ihren Knechten. Er ging auf mich los – und bekam sein Teil.«

»Hast du es getan?«

Ich schüttelte den Kopf. »Ich nicht. Ein Mann.«

»Vetter.« Sie sagte es atemlos.

Ich zuckte die Schultern.

»Hoffentlich bringt er sie alle um«, flüsterte sie. »Jeden einzelnen.« Ihre Hand berührte meinen Arm. »Jemand hat versucht, Renzo umzulegen. Es hat einen seiner Leute erwischt.« Sie biß sich auf die Lippen. »Sie waren zu zweit, deshalb kann es Vetter nicht gewesen sein. Weißt du, was das bedeutet?«

Ich nickte. »Krieg. Sie möchten Renzo tot sehen, damit Vetter die Stadt verläßt. Sie wollen ihn nicht hier haben, weil er ihnen das Geschäft vermasselt.«

»Das hat er schon getan.« Ich sah sie scharf an, und sie nickte. »Ich habe mit einem von der Kapelle gesprochen. Renzos Spezialwagen wurde überfallen, als er die Stadt verließ. Renzo behauptet, es sei nichts abhanden gekommen, aber er ist ganz schön nervös. Ich habe noch von anderen Sachen gehört. Die ganze Stadt steht unter Hochspannung.«

»Und wo paßt du ins Bild, Helen?«

»Was?« Ihre Stimme schien belegt.

»Du. Oder sagen wir, du und Cooley. Was für ein Ding habt ihr zusammen gedreht?« Ihre Hand ließ meinen Arm los und fiel schlaff hinunter. Wenn ich sie geohrfeigt hätte, wäre ihr Gesichtsausdruck derselbe gewesen. »Tut mir leid«, sagte ich. »So hab' ich's nicht gemeint. Du hast Jack Cooley doch gern gemocht, nicht wahr?«

»Ja«, sagte sie ruhig.

»Du hast mir erzählt, was für ein Mensch er war. Wie war er in Wirklichkeit?«

Schmerz zeichnete ihr Gesicht. »Er war wie sie«, sagte sie. »Fröhlich, charmant, aber wie sie. Er wollte dasselbe. Er ging nur anders zu Werk, das ist alles.«

»Der Mann, mit dem ich heute abend sprach, behauptet, daß du mehr weißt.«

Sie hielt einen Augenblick den Atem an. »Früher hab' ich's nicht gewußt, Joe.«

»Erzähl.«

»Als ich packte, weil ich wegfahren wollte, da hab' ich's entdeckt. Jack hat ein paar Sachen bei mir gelassen. Darunter einen Umschlag, in dem eingelöste Schecks über Tausende von Dollar steckten, ausgestellt auf Renzos Namen. Sie stammten von einem Syndikatmann in New York. Außerdem war eine Aufstellung dabei, mit Daten und den Summen, die Renzo an Cooley gezahlt hat.«

»Erpressung.«

»Ich glaube auch. Aber noch Wichtigeres war in der Schachtel, die er bei mir ließ: Heroin.«

Ich drehte mich ganz langsam um. »Wo hast du es?«

»In einen Kanal geschüttet. Ich hab' erlebt, was das Zeug aus einem Menschen machen kann.«

»War's viel?«

»Vielleicht ein Viertelpfund.«

»Wir hätten ihm auf die Schliche kommen können«, sagte ich. »Wir wären ihm dahintergekommen – aber du wirfst das Zeug weg!«

Ihre Hand fand wieder zu meinem Arm. »Nein, soviel war es ja nicht. Verstehst du denn nicht, es ging um viel mehr als das. Was Jack da hatte, war nur eine Probe. Irgendwo liegt mehr davon, viel mehr.«

»Sicher«, sagte ich. Langsam begann ich klarzusehen. Die einzelnen Dinge fügten sich immer besser zusammen und wurden logisch. Das Dumme war nur, dieses Bild wirkte so simpel, daß es gar nicht glaubhaft schien.

»Morgen fangen wir an«, sagte ich. »Wir arbeiten nachts. Leg dich ins Bett, und schlaf dich aus. Wenn ich uns die Wirtin vom Hals halten kann, sind wir gerettet. Bist du sicher, daß dich niemand kommen gesehen hat?«

»Mich hat keiner bemerkt.«

»Gut. Dann werden sie nur nach mir Ausschau halten.«

»Wo willst du schlafen?«

Ich lächelte. »Im Sessel.«

Ich hörte das Bett knarren, als sie sich ausstreckte, dann ließ ich mich im Sessel nieder. Nach einer ganzen Weile sagte sie: »Wer bist du, Joe?«

Ich brummte etwas und schloß die Augen. Manchmal hätte ich selbst gern gewußt, wer ich war.

Ich erwachte kurz nach Mittag. Helen schlief noch, warf sich unruhig träumend herum. Die Decke war ihr bis zur Taille herabgerutscht, und bei jeder Bewegung wirkte sie atemberaubend und aufreizend. Lange stand ich da und schaute auf sie hinab, verschlang sie mit den Augen, sehnte mich mit jeder Faser meines Körpers nach ihr. Aber es gab anderes zu tun; ich verfluchte diese anderen Dinge und machte mich auf, sie zu erledigen.

Als ich sicher war, daß die Frau Wirtin sich entfernt hatte, stieg ich hinunter an ihren Kühlschrank und besorgte einen kleinen Imbiß. Ich mußte Helen wecken, dann vertiefte ich mich in ein altes Magazin und ließ den Rest des Tages verstreichen. Um sieben trafen wir die ersten Anstalten. Es war eine hübsche kleine Idee, durch die unsere ganze Nachbarschaft für eine halbe Stunde in wilden Aufruhr geriet – aber wir konnten uns dadurch unbemerkt aus dem Staube machen.

Ich tat nichts weiter, als die Feuerwehr anzurufen und ihnen mitzuteilen, in einem Mietshaus sei die Gasleitung undicht. Den Rest besorgte die Feuerwehr. Sie hielt nicht nur alles von der Gegend fern, sondern evakuierte überdies eine ganze Häuserzeile, uns eingeschlossen, und während sie noch dabei war, den Ursprung des blinden Alarms auszukundschaften, nahmen wir uns ein Taxi und verschwanden.

»Wohin jetzt?« fragte Helen.

»Zum Lokal eines gewissen Gulley. Die Sonntagsangler legen dort gern an. Kennst du es?«

»Ja.« Sie lehnte sich ins Polster zurück. »Nicht gerade ein gemütlicher Aufenthaltsort. Jack war ein paarmal mit mir dort.«

»So? Warum?«

»Oh, wir haben dort gegessen, dann traf er sich mit Bekannten. Wir waren auch dort, als mal eine Razzia stattfand. Gulley schenkte nach der Polizeistunde noch aus. Es war ein Glück, daß Jack einen Freund im Präsidium hatte.«

»Wer war denn das?«

»Ein Detektiv mit einem mexikanischen Namen.«

»Gonzales«, sagte ich.

Sie sah mich an. »Ja, stimmt.« Sie runzelte die Stirn. »Der gefiel mir überhaupt nicht.«

Das war etwas Neues. Ein Stück, das nicht zu den anderen

passen wollte. Jack und einen Freund bei der Polizei? Ich bot Helen eine Zigarette an, gab ihr Feuer und brannte mir auch eine an.

Wir brauchten eine gute Stunde für die Fahrt, und auf den ersten Blick schien sie sich nicht mal gelohnt zu haben. Von der Landstraße zweigte ein Seitenweg ab, der zum Strand führte. Im Schatten parkten Wagen, in einigen von ihnen saßen Pärchen. Ich gab dem Fahrer einen Extra-Fünfer und hieß ihn warten. Während wir über einen kiesbestreuten Pfad weitergingen, fuhr er unter die Bäume und schaltete die Scheinwerfer aus.

Gulleys Lokal war ein riesiger Schuppen, der halb auf dem Sand stand und halb mit der Terrasse im Wasser. Auf dem verwitterten Holz klebte kein Pinselstrich Farbe mehr, und über dem ganzen Anwesen hing Fischgeruch wie eine nasse Decke. Es sah wie eine billige Beize aus, bis man um die Ecke bog und einen Blick auf das moderne kleine Dock und die seitlichen Anleger warf, die dem Jachtclub wahrscheinlich als Absteige dienten. Und wenn es sonst nichts weiter hatte, eins besaß das Ganze: Atmosphäre. Wir standen vorn auf der Spitze der Halbinsel, die sich vom Festland aus vorschob, und hier war, wie auf einem Schild zu lesen stand, tatsächlich die letzte Gelegenheit für ausfahrende Boote, sich mit dem zu versorgen, was in Flaschen abgefüllt wird.

Ich bat Helen, sich im Schatten der Hecke zu halten, die das gesamte Anwesen umgab, während ich Umschau hielt. Obwohl ihr der Gedanke nicht sonderlich behagte, drückte sie sich ins Gebüsch. Auf der Veranda sah ich zwei Gestalten, aber sie unterhielten sich zu leise, als daß ich etwas hätte verstehen können. Hinter der langen Theke, die sich innen durch den ganzen Hauptraum zog, brütete ein dicker Kerl mit nichtssagendem Gesicht über einer Zeitung, auf die Ohren hatte er sich einen Kopfhörer gestülpt. Zweimal langte er nach hinten, runzelte die Stirn und hantierte an dem Funkgerät unter der Anrichte. Als das Telefon klingelte, zog er wieder ein finsteres Gesicht, legte den Kopfhörer beiseite und hob ab. »Gulley hier. Ja. Okay. Tschüs.«

Während er sich wieder in seine Zeitung vertiefte, schlich

ich mich geduckt unter den Fenstern auf die andere Seite des Hauses. Der Sand verschluckte wie ein dicker Teppich jeden Tritt, und das ständige Geplätscher der Wellen übertönte jedes sonstige Geräusch, das ich vielleicht verursachte. Mir war beides sehr lieb. Überall lungerten nämlich Kerle herum, die man erst entdeckte, wenn man sehr genau hinsah. Zwei standen am Haus, zwei an den Bootsstegen, richtige Galgenvögel, die sich gelegentlich Zigaretten anbrannten und rauchend herumschlenderten. Einer von ihnen sagte etwas, worauf zwei andere sich umdrehten und das Scheinwerferpaar beobachteten, das sich von der Landstraße her näherte. Ich blickte auch hin, sah die Scheinwerfer einen weiten Bogen beschreiben und dann Kurs aufs Lokal nehmen.

Einer der Wächter schlug meine Richtung ein, seine Schuhe knarrten im trockenen Sand. Ich huschte um die Ecke zurück und beobachtete ihn, wie er eine Flasche unter einem Strauch hervorzog und sich dann wieder dorthin begab, woher er gekommen war.

Die Autotür schlug zu. Zwei Stimmen stritten sich, eine dritte brachte sie zum Schweigen. Als ich sie erkannte, verzogen sich meine Lippen, und ich wußte: Wenn ich jetzt ein Messer in der Hand gehabt hätte und Mark Renzo wäre in der Dunkelheit an mir vorbeigegangen, dann wäre sein Abendessen noch einmal zum Vorschein gekommen. Die andere Stimme schimpfte auf etwas. Johnny. Der liebe gute Johnny, der mir einen Denkzettel fürs ganze Leben hatte verpassen wollen.

Ich machte mir Helens wegen keine Gedanken, weil sie sich hüten würde, jetzt den Kopf hervorzustecken. Ich hoffte nur, daß unser Chauffeur nicht auf die Idee kam, innen Licht zu machen und Zeitung zu lesen. Als ich hörte, wie die Gäste die Veranda betraten und hineingingen, ließ ich Luft ab, und ich merkte kaum, daß mir die Brust schmerzte, weil ich das Atmen so lange vergessen hatte.

Man hörte, wie sie sich drinnen begrüßten. Mir blieb vielleicht eine Minute Zeit für das, was ich im Sinn hatte, und ich vergeudete keine Sekunde. Ich huschte zurück unter das Fenster am Ende der Theke, konnte gerade noch sehen, wie

Gulley und Renzo sich die Hände schüttelten, wie er dann die Tür schloß – und solange sie noch weit genug von mir entfernt waren, schob ich das Fenster zwei Finger breit hoch und drückte mich flach an die Außenwand.

Sie taten genau das, was ich von ihnen erwartete. Ich hörte, wie Gulley sie zu einem Glas an die Theke einlud und die Gläser hinstellte. »Gut, das Zeug«, sagte Renzo.

»Vom Besten, das wißt ihr doch.«

Johnny meinte: »Na klar. Du behandelst deine Ehrengäste immer gut.«

Flasche und Gläser klirrten zur nächsten Runde. Dann begann das Funkgerät zu ticken. Ich riskierte einen schnellen Blick, sah Gulley den Kopfhörer ergreifen und sich etwas notieren.

»Läuft es einwandfrei an?« sagte Renzo.

Gulley legte den Kopfhörer hin und beugte sich über die Theke. Er sah friedfertig aus, aber er war ein schwerer Junge, und selbst Renzo hätte sich nicht mit ihm angelegt. »Hör zu«, sagte er. »Ihr habt ein eigenes Geschäft. Laßt die Finger aus meinem. Kapiert?«

»Markierst du den starken Mann, Gulley?«

Ich hörte es fast, wie Gulley lächelte. »Jawohl. Ja, falls es euch interessiert. Ihr solltet euch lieber an die feinen Leute in der Stadt halten – statt an mich.«

»Laß Dampf ab«, sagte Renzo. Das klang aber nicht mehr nach aufgekrempelten Ärmeln. »Hab' gehört, heute abend sei 'ne Ladung fällig.«

»Du hörst verdammt viel.«

»Es war nicht ganz einfach. Ich hab' eine Stange Geld dafür geopfert. Weißt du auch, warum?« Gulley sagte nichts. Renzo fuhr fort: »Ich will's dir erklären. Ich brauche das Zeug. Und weißt du, wieso?«

»Zu dumm. Du verstehst. Was du brauchst, das ist bereits bezahlt und wird geliefert. Du kannst dir das aus dem Kopf schlagen.«

»Gulley...«, sagte Johnny ganz ruhig, »wir machen keine Scherze. Wir brauchen das Zeug. Die Bonzen werden nervös. Sie glauben, wir hätten ein krummes Ding gedreht, und das gefällt ihnen nicht. Es gefällt ihnen so wenig, daß sie vielleicht ein paar Leute herschicken, um alles wieder auf Vordermann zu bringen. Und am Ende wirst auch du dann auf Vordermann gebracht.«

Drinnen schabten Gulleys Füße nervös über die Dielen. Er ging einmal an meinem Fenster vorüber und beschäftigte sich damit, Gläser zu polieren. »Ihr spinnt ja. Carboy hat diese Ladung bezahlt. Soll ich mich vielleicht zwischen zwei Stühle setzen?«

»Vielleicht wäre das besser, als uns im Weg zu stehen«, meinte Johnny.

»Ihr seid ja meschugge. Phil ist kein kleiner Mann mehr. Er hat einen ziemlich großen Betrieb.«

»Kleine Fische, Gulley. Nur kleine Fische.«

»Nicht mehr. Er hat sich gemausert, seit euch der dicke Fisch durch die Lappen gegangen ist.« Gulleys Füße wurden still. »Ihr wart mal große Klasse, okay. Aber nun seid ihr auf dem absteigenden Ast. Die Bosse wollen Profit sehen und mögen keine Leute, die nicht liefern – besonders, wenn der Kram schon bezahlt war. Und das war eine schwere Ladung. 'ne ganz tolle. Aber euch ist sie durch die Lappen gegangen. Phil ist klug genug, nun einzusteigen, und möglicherweise schwimmt er jetzt nach ganz oben. Ich setze mich nicht zwischen zwei Stühle. Nicht ohne Phil Bescheid zu sagen. Und ich müßte ihm schon einen sehr triftigen Grund nennen.«

»Vetter ist in der Stadt, Gulley!« Renzo spie die Worte aus. »Weißt du, wie er einsteigt? Er ist keine Bande, die man auffliegen lassen kann. Er hat die unangenehme Angewohnheit, die Leute selbst umzulegen. Und er mischt mit, hier wie überall. Also: Wir bezahlen dir das Zeug und erledigen die Lieferungen, mit denen wir im Rückstand sind. Wir sorgen dafür, daß es nicht auffällt – und du erzählst Phil, es sei Vetter gewesen. Das wird er dir glauben.«

Ich hörte Gulley schwer atmen. »Verrückt seid ihr«, sagte er. Seine Worte zischten wie Dampf unter Überdruck. »Vetter soll ich das anhängen? Ihr seid wirklich nicht mehr gescheit. Ich weiß, wie dieser Kerl arbeitet. Wer, zum Teufel, glaubt ihr, hat sich in das Friscoer Geschäft eingeschaltet? Wer hat Morgan in

El Paso erwischt, als er dabei war, eine halbe Million in bar einzupacken und eine weitere halbe in Pulver? Wer, zum Teufel, ist dieser Kerl?«

Johnny lachte erbittert. Gulley hatte alles gesagt, und es traf ihn wie ein Messer. »Ich möchte ihm gern mal begegnen. Sieht so aus, als sei er ein Kumpel von Jack Cooley gewesen. Erinnerst du dich an Jack Cooley, Gulley? Da hast du auch mit dringesteckt. Cooley hat auch dich übers Ohr gehauen. Vielleicht würde Vetter sich dafür interessieren?«

»Halt's Maul.«

»Noch nicht. Wir müssen erst noch übers Geschäft reden.«

Gulley schien an Atemnot zu leiden. »Zum Teufel mit dem Geschäft. Ich gehe Vetter aus dem Weg.«

»Angst?«

»Ja, verdammt noch mal, und euch geht's auch nicht anders. Jeder hat Manschetten.«

»Okay«, sagte Johnny. »Für einen einzelnen oder auch zwei ist er Gift. In einer großen Stadt kann er seine Fäden spinnen und unerkannt bleiben. Aber wenn in einem Nest wie diesem genügend Leute an einem Strick ziehen, kann man ihn erledigen.«

»Und wieviel Mann gehen mit ihm hops? Das ist doch kein grüner Junge. Was wollt ihr mir denn da weismachen?«

»Unsinn, wen kümmert es schon, wer hops geht, solange es niemand vom eigenen Verein ist? Glaubst du, Phil Carboy gibt klein bei, wenn er hört, Vetter habe ihm eine Ladung vor der Nase weggeschnappt? Du sagst doch selber, Phil ist der kommende Mann. Er strebt nach oben. Er hält sich für den Größten hierzulande, und wenn Vetter ihm in die Kandare fällt, dann wird er zusehen, daß er sich ihn greift. So schlagen wir zwei Fliegen mit einer Klappe. Vetter ist hin und Carboy auch. Selbst wenn Carboy ihn umlegt, seine Ladung ist weg. Und er ist wieder ein kleiner Fisch.«

»Und was hab' ich davon?« fragte Gulley.

»Davon wollt' ich gerade sprechen. Du hast 'ne Menge davon. Die Prozente gehen zehn rauf. Gut?«

Gulleys Geldgier war geweckt. Er lief wieder herum, seine Schritte näherten sich. »Ihr redet große Töne«, sagte er. »Aber wo sind die Kohlen?«

»Ich hab' sie bei mir«, sagte Renzo.

»Ihr wißt, was Phil mir für das Zeug gezahlt hat.«

»Zwei Millionen, hat man mir erzählt.«

»Es wird auch einiges kosten, die Leute vom Schiff zufriedenzustellen.«

»Das wird schon nicht zu teuer.« Renzo lachte humorlos. »Wenn sie den Mund aufmachen, werden sie erledigt, entweder von Carboy oder von Vetter. Die schweigen ganz gratis.«

»Und wieviel fällt für mich ab?« fragte Gulley.

»Einhunderttausend für die Geschäftsabwicklung, dazu die Extra-Prozente. Ist das die Sache wert oder nicht?«

»Abgemacht«, sagte Gulley.

Einen Augenblick lang herrschte Schweigen, dann meinte Gulley: »Ich gebe dem Schiff Bescheid, daß es die Slipside Docks anlaufen soll. Dort können sie ausladen. Das Zeug ist in Bierbüchsen verpackt. Die Kiste ist nicht sehr groß, aber ihr werdet sie schon finden. Wahrscheinlich wird sie unter eine der Bänke geschoben.«

»Wer kriegt das Geld?«

»Ihr rudert zum letzten Liegeplatz raus. Der Pfahl ist rot, mit einem weißen Streifen drum. Die Spitze läßt sich abschrauben, und da legt ihr das Geld rein.«

»Genauso, wie wir's früher auch gemacht haben?«

»Genau. Die Brüder auf dem Kahn gehen nicht gern an Land und sind verdammt auf der Hut, versucht also nicht, in der Nähe zu bleiben und euch Geld wie Ladung gleichermaßen unter den Nagel zu reißen. Der Käpt'n hat einen Schrank voller Maschinenpistolen, und er ist schnell bei der Hand, sie an seine Leute auszuteilen.«

»Die Sache geht klar.«

»Ich wollt's euch nur gesagt haben.«

»Und was erzählst du Phil?« meinte Renzo.

»Machst du Witze? Gar nichts sage ich. Ich weiß nicht mehr, als daß die Verbindung zum Schiff abgerissen ist. Und dann wird das Gerücht in Umlauf gesetzt, Vetter habe mit der Sache zu tun.« Er hielt ein Weilchen inne und atmete so laut, daß es pfiff. »Aber vergeßt eins nicht: Ihr wollt Carboy aufs Kreuz legen und vielleicht sogar Vetter. Aber laßt die Finger von mir.

Ich pflege mich abzusichern. Wenn mir was zustößt, hat die Polizei am nächsten Tag einen Brief, in dem Namen stehen. Vergeßt das nie.«

Renzo wollte wohl etwas dazu sagen, aber er tat es nicht. Er krächzte nur: »Geh, holt dem Herrn sein Geld.«

»Gern, Boss«, sagte jemand und ging durchs Lokal. Ich hörte den Schlüssel im Schloß, dann die Tür.

»Hoffentlich klappt alles«, sagte Renzo. Er spielte ein Weilchen mit seinem Glas. »Ich möchte bloß wissen, was dieser Strolch mit dem anderen Zeug gemacht hat.«

»Verkaufen wird er's jedenfalls nicht mehr, das steht fest«, meinte Johnny. »Sie glauben, Cooley und Vetter hätten miteinander Geschäfte gemacht?«

»Cooley hat wahrscheinlich mit einer Menge Leute Geschäfte gemacht. Dieses verdammte blonde Biest! Wenn ich sie in die Finger kriege, wird sie uns einiges zu erzählen haben. Ich hätte die Augen besser aufhalten sollen.«

»Ich hab's Ihnen ja immer gesagt, Boss.«

»Halt den Mund«, sagte Renzo. »Und sieh zu, daß man sie findet.«

Ich hatte genug gehört. Lautlos verschwand ich im Dunkeln und eilte zum Pfad zurück. Der Himmel erhellte sich, weil der Mond aufging, eine rote Scheibe zunächst, die die nächtliche Gegend seltsam verwandelte und lange Schattenfinger aus den Sträuchern wachsen ließ. Die Bäume erschienen als mächtige Ungetüme, die mit scharfen Klauen um sich griffen und im Wind herumfingerten. Ich fand die Stelle, wo ich mich von Helen getrennt hatte, las ein paar Kieselsteine auf und warf sie ins Gebüsch. Ich hörte ihr erschrecktes Atmen, flüsterte ihren Namen.

Sie kam lautlos heraus und fragte leise: »Joe?«

»Ja. Los, wir hauen ab.«

»Was war denn?«

»Später. Ich gehe voraus zum Taxi und sehe nach, ob die Luft rein ist. Wenn du nichts hörst, folgst du mir. Verstanden?«

»Ja.« Sie zögerte, und ich konnte ihr keinen Vorwurf daraus machen. Ich ging vom Pfad weg durch den Sand, ließ mir Zeit und suchte die Schatten zu durchdringen. Ich gelangte auf die

Lichtung und wartete, bis ich überzeugt war, daß niemand sonst hier war. Dann ging ich zum Taxi.

Ich mußte den Fahrer wachrütteln. »Hören Sie, Meister, lassen Sie die Scheinwerfer aus, bis wir wieder auf der Landstraße sind, und dann schalten Sie nur Standlicht ein. Der Mond scheint hell genug.«

»He, ich will aber keinen Ärger.«

»Den kriegen Sie ganz bestimmt, wenn Sie nicht tun, was ich Ihnen sage.«

»Na, okay.«

»Gleich wird eine Dame kommen. Sobald sie da ist, fahren Sie los – aber möglichst leise.«

Ich brauchte nicht lange zu warten. Ich hörte ihre Schritte auf dem Kies, rasch, aber nicht hastend. Und dann hörte ich noch etwas, das mich einen Augenblick erstarren ließ: einen langen, leisen Pfiff, wie ihn Straßenjungen hinter jeder sehenswerten Blondine herschicken. Ich sprang in den Wagen und hielt die Tür auf. »Fahr los, mein Freund«, sagte ich.

Sobald der Motor aufbrummte, fing Helen zu laufen an. Ich riß sie herein, während das Taxi schon anfuhr, und drückte sie unters Fenster. Sie sagte: »Jemand...«

»Ich hab's gehört.«

»Ich konnte nicht sehen, wer es war.«

»Vielleicht fällt's nicht weiter auf. Hier parken ja viele Wagen.«

Sie hielt meine Hand, ihre Nägel gruben sich in meine Handfläche. Zusammengerollt lag sie auf dem Sitz, ihr Kleid war über die nylonglänzenden Knie hochgerutscht, ihre Brust ruhte auf meinem Arm. Sie blieb so liegen, bis wir die Landstraße erreicht hatten, dann richtete sie sich auf. Ich hielt einen Finger auf die Lippen und deutete in Richtung des Fahrers. Helen nickte, lächelte, drückte erneut meine Hand. Aber diesmal war's ein anderer Druck. Er paßte zum Lächeln.

Am Stadtrand bezahlte ich den Chauffeur. Er bekam mehr, als die Uhr zeigte. Viel mehr. Das Trinkgeld war groß genug, einem Mann den Mund zu schließen. Als das Taxi nicht mehr zu sehen war, gingen wir zu Fuß weiter, bis wir ein anderes fanden. Ich bat den Fahrer, uns in irgendein kleines Hotel zu bringen, was die üblichen Blicke zur Folge hatte; dann murmelte er den Namen eines Gasthofs vor sich hin und fuhr los.

Es war einer von jenen Schuppen, in dem niemand Fragen stellt und niemand glaubt, was man einträgt. Ich schrieb Mr. und Mrs. Valiscivitch ins Buch, und als der Portier den Namen las, bedachte er mich mit einem schrägen Blick, weil ihm der Name vor lauter Verschrobenheit echt erschien. Vielleicht dachte er, seine Kundschaft ändere sich wohl. Als wir allein im Zimmer waren, sagte ich: »Du wirst es dir hier für ein paar Tage gemütlich machen.«

»Hast du mir weiter nichts zu sagen?«

»Sollte ich?«

»Du bist eigenartig, Joe. Ein ganz eigenartiger Junge.«

»Hör schon auf, mich einen Jungen zu nennen.«

Ihr Gesicht wurde wieder so zauberhaft schön, sie lächelte fast schalkhaft. Sie hatte die Hände in die Seiten gestützt, die Beine gespreizt, als stehe sie auf der Bühne, und ich fühlte, wie es mir wieder heiß zu werden begann. Sie konnte einen verrückt machen, indem sie nichts weiter tat als atmen, und genau das tat sie jetzt; sie lächelte, und ihre Augen schienen immer tiefer zu werden. Sie sah, was in mir vorging, und sagte: »Im Grunde bist du ja auch kein Junge mehr.« Sie streckte eine Hand aus, ich ergriff sie und zog sie an mich. »Beim ersten Mal warst du noch ein Junge. Voll Blut und mit Dreck im Gesicht. Als Renzo dich auseinandergenommen hatte, hätte ich ihn umbringen können. Niemand dürfte einem anderen Menschen so mitspielen, schon gar nicht einem jungen Menschen. Aber dann passierte die Sache mit Johnny, und du schienst dabei zu wachsen. Ich werde nie vergessen, was du mit ihm gemacht hast.«

»Er hätte dir weh getan.«

»Und jetzt bist du schon wieder älter geworden. Ich glaube, gestern abend, bei mir. Ich hab's gesehen, hoffentlich hab' ich dabei nichts verdorben. Ich hab' bis jetzt noch niemand Glück gebracht. Jedem, dem ich nahe kam, schien etwas zu passieren. Mir selbst auch.«

»Du bist besser als die andern, Helen. Die Umstände waren gegen dich, das ist alles.«

»Joe, weißt du, daß du der erste bist, der mir etwas Gutes getan hat, ohne etwas dafür zu verlangen?«

»Helen...«

»Nein, bitte, sag nichts. Sieh mich lieber an. Siehst du genau, was ich bin? Man sieht es. Ich weiß, daß man es sieht. Ich bin von der Sorte, die von Männern immer begehrt wird, die man aber in der Familie nicht vorstellt. Ich bin ein wunderschönes Stückchen Schmutz, Joe.« Ihre Augen waren feucht. Ich wollte die Tränen wegwischen, aber sie ließ meine Hände nicht los. »Verstehst du, was ich dir sagen will? Du bist noch jung, komm mir nicht zu nahe. Du wirst dich schmutzig machen, und du wirst dir weh tun.«

Sie versuchte, den Schluchzer nicht aus der Kehle zu lassen, aber es gelang ihr nicht. Ich machte meine Hände los, nahm sie in die Arme und hielt sie an mich gepreßt. »Helen«, sagte ich. »Helen...«

Sie sah mich an und lächelte matt. »Wir müssen ein ulkiges Paar abgeben«, sagte sie. »Lauf weg, Joe. Bleib keine Minute länger hier.«

Als ich nicht gleich antwortete, sah sie mir noch tiefer in die Augen. Ich merkte, wie sie langsam die Stirn zu runzeln begann, wie Neugier und Staunen in ihrem Gesicht abwechselten. Ihre Lippen waren rot und feucht, schienen etwas fragen zu wollen, aber es vergessen zu haben. Ich ließ sie schauen und schauen, und als sie wie vor einem unlösbaren Rätsel den Kopf schüttelte, sagte ich: »Helen, ich bin dir ganz nah' gekommen, und kein Schmutz ist hängengeblieben. Vielleicht deshalb, weil ich auch nicht besser bin als du in deinen Augen.«

»Joe...«

»Es ist mir noch nie im Leben passiert, Mädchen. Und wenn es passiert, dann suche ich mir schon die richtige dazu aus.« Ich fuhr ihr mit den Fingern durchs Haar. Es tat wohl, sie so anzusehen. Nicht hinabblicken und nicht hinauf, sondern geradewegs in ihre Augen. »Ich habe keine Familie, der ich dich vorstellen könnte, aber wenn ich eine hätte, dann täte ich's. Und mach dir keine Gedanken, Kleines, daß ich mir weh tun könnte.« Ihre Augen wurden groß, als sähen sie die Antwort. Aber sie glaubte nicht, was sie da sah.

»Ich liebe dich, Helen. Nicht so, wie ein Junge jemand lieben würde. Es ist ein großartiges Gefühl, und ich will, daß sich niemals etwas daran ändert.«

»Joe...«

»Und jetzt gehört es dir. Du mußt entscheiden. Schau mich an, Mädchen. Und sag was.«

Ihre wunderschönen großen Augen verschleierten sich wieder, und langsam kehrte das Lächeln zurück. Es war ein wärmendes, strahlendes Lächeln, das mehr als Worte sagte. »Warum soll es uns beiden nicht passieren, Joe? Vielleicht ist es anderen Menschen auch schon so gegangen, warum nicht auch uns? Joe, es scheint so... Ich kann es nicht beschreiben. Es gibt da etwas...«

»Sprich's doch aus.«

»Ich liebe dich, Joe. Vielleicht ist es sogar besser, wenn ich jemand liebe, der jünger ist. Zwanzig, einundzwanzig? Oh, bitte, bitte, laß es wahr sein, bitte...« Sie schmiegte sich an mich, schluchzte einmal auf, blieb bei mir. Meine Finger streichelten ihren Hals, ihre Schultern, dann schob ich sie von mir weg. Ich lächelte jetzt auch.

»In achtzig Jahren ist der Unterschied nicht mehr nennenswert«, sagte ich. Was ich sonst noch zu sagen hatte, verschluckten ihre Lippen.

Ich schob sie sachte weg. »Nun hör mir mal zu, wir haben nicht viel Zeit. Ich möchte, daß du hierbleibst. Geh nicht vor die Tür, wenn du etwas brauchst, laß es dir bringen. Wenn ich zurückkomme, klopfe ich einmal. Nur einmal. Halt die Tür verschlossen und laß dich nicht sehen. Hast du mich verstanden?«

»Ja, aber...«

»Mach dir meinetwegen keine Sorgen. Ich bleib nicht lange. Denk nur immer dran, dich erst davon zu überzeugen, daß ich es bin und kein anderer.« Ich lächelte sie an. »Du kommst mir nicht mehr aus. Wir zwei gehören jetzt zusammen, immer.«

»Gut, Joe.«

Ich hob ihr Kinn mit meiner Faust behutsam an, hielt es fest und küßte sie. Der neugierige Blick war wieder da, und sie versuchte, etwas zu ergründen. Ich schmunzelte, blinzelte ihr zu und ging hinaus, ehe sie mich festhalten konnte. Ich lächelte sogar dem Portier zu, aber ohne Erfolg. Wahrscheinlich dachte er, wer so eine Blondine gleich allein ließ, war entweder verrückt oder verheiratet, und an derlei Dinge war er nicht gewöhnt.

Aber mir war richtig wohl. Sie wissen schon, wie. Man fühlt sich so ausgelassen, daß man etwas zerreißen möchte. So ging es mir, bis mir die anderen Sachen wieder einfielen. Ich wußte, was ich zu tun hatte.

In derselben Straße ging ich in eine Kneipe und wechselte einen Dollar in Telefoniergeld. Drei Münzen verbanden mich mit dem richtigen Teilnehmer, und ich sagte: »Mr. Carboy?«

»Am Apparat. Wer spricht dort?«

»Joe Boyle.«

Carboy rief jemand zu, er solle still sein, dann: »Was wollen Sie, mein Junge?«

Ich merkte am Ton seiner Stimme, was er dachte. »Ihre Boys sind nicht bei mir, wenn Sie das meinen«, erklärte ich ihm.

»Ja?«

»Ich hab' mich nicht verdrückt, aber ich mußte was erledigen. Ein einziges Mal müssen Sie zugeben, daß auch andere Leute Verstand haben.«

»Zum Nachdenken habe ich Sie eigentlich nicht engagiert, junger Freund.«

»Tja, aber wenn ich's nicht versucht hätte, wären Sie jetzt schon eine ganze Schiffsladung los.«

»Was?« Das war geflüstert und kaum zu vernehmen.

»Renzo seift Sie ein. Er und Gulley sitzen in einem Boot. Ihr Stoff wird an ihn ausgeliefert.«

»Lassen Sie die dummen Witze, Junge. Was wissen Sie davon?«

»Ich weiß, daß das Schiff die Slipside Docks anläuft, dort wird ausgeladen, aber Renzo holt ab. Und Sie haben das Nachsehen, mein Lieber.«

»Joe«, sagte er, »Sie wissen, was passiert, wenn Sie mich zum Narren halten.«

»Ich weiß es.«

»Wo haben Sie's erfahren?«

»Sagen wir, ich war stiller Teilhaber an Renzos Besprechung mit Gulley.«

»Okay, mein Junge. Ich glaube Ihnen. Hoffentlich haben Sie nicht gelogen. Moment.« Er wandte sich vom Telefon ab und erteilte gedämpfte Befehle. Aus dem Hintergrund schallten Rufe, dann war er wieder in der Leitung. »Noch eins: Was ist mit Vetter?«

»Noch nichts, Mr. Carboy. Noch nichts.«

»Ich schicke ein paar Leute, die bei Ihnen zu bleiben haben, damit meine Pläne nicht durchkreuzt werden. Wo sind Sie jetzt?«

»In einem Lokal, das *Patty's* heißt. Eine Kneipe.«

»Ich kenne sie. Bleiben Sie zehn Minuten dort. Ich schicke zwei Mann. Haben Sie das Taschentuch noch?«

»In meiner Tasche.«

»Sehr gut. Halten Sie die Augen offen.«

Er warf den Hörer auf die Gabel. Ich sah auf die Uhr, trat an die Theke und trank einen Orangensaft. Als die zehn Minuten um waren, schlenderte ich hinaus. Ich war ein paar Häuser weit gekommen, da schlug eine Wagentür zu, und ich hörte die Schritte hinter mir auf der anderen Straßenseite.

Jetzt war alles arrangiert. Jetzt konnte der Tanz losgehen. Die Show mußte gut werden, wenn sie erst mal lief – und dabei wollte ich zuschauen. An der nächsten Ecke war ein Taxistand, ich stieg ins erste ein. Der Fahrer nickte, als ich ihm die Adresse nannte, blickte auf den Geldschein in meiner Hand und fuhr los. Hinter uns geisterten die Scheinwerfer eines anderen Wagens durch die Nacht, immer in unserer Richtung.

Man roch die Gegend, bevor man sie sah. Auf einer Seite erinnerten die dunklen Ladenfronten an schlafende Trunkenbolde, kleine und große in buntem Durcheinander, aber einer roch wie der andere. Vor allem stank es nach Fisch, und daneben nach Holz, das vor Feuchtigkeit und Salz zu faulen begonnen hatte. Auf der anderen Seite dehnte sich schier endlos die Bucht, hier und da ließen sich ein paar Schiffe an ihren Positionslaternen erkennen, die anderen waren nur Silhouetten vor dem nächtlichen Himmel. Aus der Ferne verwandelte der Mond einen großen Kran in eine riesige Spinnenhand. Ein weißes Schild Slipside wies nach den Ladebrücken. Ich hieß den Fahrer, in die Straße einzubiegen und den Kurs zu halten. Ich hielt ihm den Schein hin, er bremste vor der Kurve und ergriff den Schein, während ich hinaussprang, dann gab er sofort Gas. Ein paar Sekunden später rollte der andere Wagen vorüber, nahm die Kurve und folgte dem Taxi. Als beide verschwunden waren, löste ich mich aus dem Schatten und überquerte die Straße. Etwa eine halbe Minute darauf kam der zweite Wagen in rasender Fahrt zurück, und ich huschte in eine Torfahrt. Phil Carboy würde ganz schön sauer auf seine Boys sein.

An der Ecke blieb ich stehen und horchte. Es war ganz einfach zu ruhig. Man hörte die Tierchen hier herumlaufen. Sie waren keck genug, sich über die Fahrbahn zu wagen, eins von ihnen hatte etwas in der Schnauze. Ein anderes, langgestrecktes Biest, dessen Pelz im Laternenlicht silbern schimmerte, sprang darauf zu, und die beiden kämpften quietschend, bis der Stärkere seine Beute hatte.

Es kommt auch bei Ratten vor, dachte ich. Wer hat es wohl von wem gelernt?

Eine andere lief den Rinnstein entlang. Sie wollte hinüber, dann blieb sie auf den Hinterpfoten stehen, spähte und schnupperte, die Nase auf den Pier gerichtet. Dann war sie weg, und ich hörte, was auch ihr aufgefallen war: sorgfältig gedämpfte Geräusche, dann einen weniger gedämpften Fluch.

Es passierte zu schnell, als daß sich ein Anfang hätte erkennen lassen. Erst der orangefarbene Blitz und der scharfe Knall aus dem Revolver, dann die anderen Schüsse und die pfeifenden Kugeln und summenden Querschläger überm Wasser. Keiner bemühte sich mehr, sich ruhig zu verhalten. Ein Ruf der Überraschung, dann ein heiserer Schrei und das schmerzliche Brüllen eines Getroffenen.

Einer schoß die Laterne kaputt, Dunkelheit legte sich wie eine Decke über alles. Ich hörte sie über die Straße laufen, dann leuchtete der Mond kurz auf, ehe er hinter der nächsten Wolke verschwand, und da sah ich sie: etwa ein Dutzend Männer, die das Dock von beiden Seiten eingekreist hatten.

Draußen auf dem Wasser wurde ein Motor angelassen,

brummte auf, ein Schiff rauschte davon. Der Wagen, der herumgekreuzt war, löschte plötzlich die Scheinwerfer, fuhr an den Straßenrand und hielt. Ich wußte nicht, wohin ich mich verkriechen sollte, denn eilige Schritte kamen mir näher. Ich konnte nicht zurück, und vor mir war der Teufel los. Es gab nur eins: versuchen, über die Straße zu kommen – und dabei hoffen, daß mich keiner sah.

Ich hatte es zu weit getrieben. Jetzt war ich wieder der Dumme. Einer schrie und lief mir nach. Ich blieb am Geländer nicht stehen, sondern sprang drüber und ließ mich ins Wasser fallen, stieß mich von der Betonmauer ab und hoffte, erst unter dem Pier wieder aufzutauchen. Fast hätte ich es geschafft. Ich war bis auf einen halben Meter an die Pfähle rangekommen, aber das genügte nicht. Als ich mich umschaute, stand der Kerl am Geländer, ein Revolver hüpfte in seiner Hand, und die Einschläge klatschten im Wasser auf mich zu. Seine Trommel mußte noch halb voll gewesen sein, und es fehlten ihm nur noch Zentimeter zum Ziel, da knallte über meinem Kopf ein anderes Schießeisen, der Kerl griff schreiend nach seinem Gesicht und fiel rückwärts auf die Straße. Der Mann über mir sagte: »Holt den verfluchten...«, aber das letzte Wort pfiff er nur mehr, weil ihn gleichzeitig eine Kugel traf. Zusammengekrümmt landete er im Wasser, und sein Grabmal waren einige Luftblasen, die ein paar Sekunden lang zur Oberfläche quirlten, dann versiegten.

Ich zog mich weiter unter den Pier. Jetzt konnte ich die Stimmen hören, die jedoch allmählich verstummten. Draußen auf der Straße schrie einer, dann bellte ein automatisches Gewehr los. Es gab den Kerlen Feuerschutz. Die anderen auf der Landungsbrücke wichen weiter zurück.

Unmittelbar über meinem Kopf wurden Planken losgerissen, und als einer sagte: »Ich hab's«, da hörte ich Johnnys Stimme aus den anderen heraus.

»Wo?«

»Drei Meter zurück an einem Mast. Beeil dich lieber, ehe sie was merken und die Drähte durchschneiden.«

Johnny beeilte sich, und ich versuchte, mit ihm Schritt zu halten. Als ich bei den nächsten Pfeilern anlangte, hörte ich, wie er die Wählscheibe drehte. Er sprach hastig, dämpfte aber die Stimme. »Renzo? Ja, sie haben uns eingekreist. Jemand hat nicht dichtgehalten. Ja. Zum Teufel damit, rufen Sie die Polizei an. Die sollen einsteigen. Klar, na klar. Machen Sie Dampf. Wir schaffen es bis in ein Boot. Tommy und Balco hat's erwischt. Zwei andere sind verletzt, aber nicht schwer. Sicher steckt Carboy dahinter. Er selbst ist nicht dabei, aber es sind seine Leute. Ja, das Zeug hab' ich. Ende.«

Seine Schritte polterten über die Planken, ich hörte ihn reden, verstand aber nichts mehr. Im nächsten Augenblick ging die Schießerei wieder los. Die Kerle über mir mußten verdammt gute Deckung haben, denn die anderen auf der Straße fluchten und riefen, jemand solle sie von der Flanke her angreifen. Ihr Nachteil war, daß die Straße keinen Schutz bot, und wenn der Mond sich wieder blicken ließ, saßen sie da wie auf dem Präsentierteller.

Das Heulen der Sirene beendete die Schlacht. Erst heulte nur eine, dann stimmten andere mit ein, und ich hörte die Schützen zu ihren Autos rennen. Einer schrie ihnen nach, warum sie's denn so eilig hätten. Über meinem Kopf scharrte etwas, und als ich hochschaute, gewahrte ich etwas Dunkles, das an den Rand gerollt und heruntergeworfen wurde. Ein zweiter Körper folgte. Männer. Tote. Sie trieben einen Augenblick, dann versanken sie. Einer sagte: »Verdammt, das mach' ich nicht gern. Er war okay.«

»Halt den Mund und hau ab.« Das war Johnny.

Die Stimme sagte: »Los, komm«, dann verschwanden sie. Ich blieb hinter den Pfeilern und sah sie auf die Boote zuschwimmen. Die Sirenen kamen näher. Eine war den anderen voraus, als ob sie den Weg wisse und die anderen nicht. Johnny sprang nicht ins Wasser. Ich grinste vor mich hin, griff nach einer Verstrebung und zog mich hoch. Von hier aus war es nicht weit zur Falltür.

Am Ende des Piers kauerte Johnny hinter einer großen Holzkiste, die als Verschalung um irgendeine Maschine herumgebaut schien. Er saß auf dem Sprung. In den Armen hatte er einen Karton, etwa sechzig Zentimeter hoch und breit, und als ich sagte: »Hallo, Freundchen«, fuhr er so hastig hoch, daß er ihm entglitt. Er hätte ihn freilich ohnehin fallen lassen müssen, denn er wollte ja nach seinem Schießeisen greifen.

Er hatte fast schon die Hand dran, da gab ich es ihm auf die Nase. Es wirbelte ihn herum, daß er gegen die Holzkiste flog, und als ich dann auf ihn losging, wollte er treten. Ich wich zur Seite, so daß die Schuhspitze mich nur an der Seite streifte, und dann verdrehte ich ihm den Arm. Er versuchte wieder, den Revolver in die Finger zu bekommen, dann gab sein Arm nach, und im übermächtigen Schmerz riß er sich los, brachte mich ins Stolpern, zog mit der gesunden Hand die Waffe heraus. Ich warf mich gegen seine Beine, über mir ging der Schuß los, ich packte sein Handgelenk und drehte es ihm nach hinten, und als er seine Hand befreien wollte, zog er zum letztenmal am Abzug. In seinen Augen leuchtete es noch einmal kurz auf, schrecklich starrten sie mich an, dann sahen sie nichts mehr.

Die heulende Sirene stob um die Ecke und verstummte. Reifen quietschten, der Wagen hielt, das rote Licht verlöschte. Die rechte Tür ging auf, blieb offen, als lausche der Mann im Wagen nach draußen. Dann kroch einer heraus, ein kleiner Kerl mit einer großen Pistole in der Hand. »Johnny?« sagte er.

Dann rannte er. Leichtfüßig wie ein Indianer. Ich kam nicht mehr an Johnnys Revolver, zu schnell war er bei mir.

»Du«, sagte Sergeant Gonzales. Er sah den Karton, verzog den Mund zu einem Lächeln und ließ mich ins schwarze Loch seiner Pistole schauen. Ich unternahm einen letzten Versuch, nach Johnnys Schießeisen zu greifen, da löste sich der Schuß. Ich wartete auf den Einschlag der Kugel, aber nichts dergleichen geschah. Und als ich aufblickte, war Gonzales immer noch da. Denn ein Haken an der Kiste hatte sich in seiner Jacke verfangen und hielt ihn aufrecht.

Ich konnte die Schatten nicht durchdringen, aus denen die Stimme kam. Aber sie war mir bekannt. Sie sagte: »Du solltest ein bißchen besser aufpassen, mein Lieber.«

Die Waffe, die zu der Stimme gehörte, rutschte wieder in Leder zurück.

»Dreißig Sekunden, mehr nicht. Du könntest das Faß vollmachen und mit seinem Wagen abhauen. Er steckte mit drin. Der Polyp hat mit Cooley zusammengearbeitet. Dann ließ

Cooley ihn sitzen, und er lief zu Renzo über. Mach dich auf die Socken, Junge.«

Die anderen Sirenen waren fast schon da. »Paß auf dich auf«, sagte ich. »Und besten Dank.«

»Na klar, mein Junge. Ich hasse Verbrecher in Uniform noch mehr als die anderen.«

Ich rannte zum Wagen, sprang hinein und schlug die Tür zu. Hinter mir klatschte etwas aufs Wasser, ein Karton vom Ausmaß sechzig mal sechzig schwamm einen Moment auf der Oberfläche, dann kippte er um und versank. Ich schaltete das Licht nicht ein, bog bei der nächsten Ecke ab und raste durch die Stadt. Im Zentrum fuhr ich rechts ran, wischte meine Fingerabdrücke von Lenkrad und Getriebehebel und stieg aus.

Im Osten dämmerte es. In einer Stunde war es Tag. Ich ging zu Fuß zum Schrottplatz hinter Gordons Büro, fand ein Autowrack, in dem noch die Sitze waren, kroch hinein und legte mich schlafen.

Der Morgen verging, der Nachmittag ebenfalls. Ich schlief. Abends hockte ich herum und dachte nach, ließ mich nicht blicken. Meine Sachen waren jetzt trocken, nur die Zigaretten schmeckten noch miserabel. Mein Magen schmerzte, und mein Mund war strohig. Ich wartete noch eine Stunde, ehe ich mich aufmachte, dann kletterte ich über den Zaun und ging in ein schmutziges kleines Lokal, das die Einheimischen mieden wie die Pest. Ich putzte einen Teller Speck und Eier weg, bezahlte es mit meinem restlichen Kleingeld, nahm noch ein Päckchen Zigaretten mit und wollte hinaus.

Da sah ich die Zeitung auf dem Tisch liegen.

Es war schon eine Mordsstory. BANDENKRIEG IM HAFEN; und die Unterzeile lautete: »Polizist und Gangster bei Schußwechsel getötet.« Der Reporter hatte viel Luft in wenig Information geblasen, vieles stand nur zwischen den Zeilen. Obwohl der Schauplatz des nächtlichen Geschehens mit Kugeln besät war und man auch Beweise entdeckt hatte, daß es Verwundete gegeben haben mußte – es fanden sich keine weiteren Leichen. Mit einem Satz war erwähnt, daß Johnny mit Mark Renzo Verbindung gehabt hatte. Die Zeitung ließ durchblicken, daß sie die Polizei für unfähig hielt. Captain Gerot hatte die übliche Stellungnahme abgegeben.

Das Ganze war faul, oberfaul. Selbst die Presse traute sich nicht, frei von der Leber weg zu schreiben. Wie lange würde es dauern, bis man dahinterkam, daß Gonzales nicht durch einen Schuß aus Johnnys Revolver gestorben war? Nicht sehr lange. Und Johnny – eigentlich hätte sein Tod eine Menge Staub aufwirbeln müssen. Aber die Leute schienen nicht mal neugierig, was ihn betraf. Ich lachte kurz auf und warf die Zeitung wieder hin.

Sie waren wirklich wie die Ratten. Nur eins hatten sie den Ratten voraus: Sie nahmen ihre Toten mit, damit sie nichts verrieten. Und nun sollte mal einer den Arzt finden, der die Blessierten verbunden hatte. Sollte einer herauskriegen, was sie auf dem Pier gesucht hatten. Vielleicht hatten sie bloß Werkzeug stehlen wollen. Ja, das sollte mal einer rauskriegen.

Nein, keiner würde reden. Vielleicht ging's noch um einiges rauher zu, wenn der große Knall kam. Wenn die Leute sich meldeten, die ein paar Millionen für ein Paket gezahlt hatten, das nie geliefert wurde. Dann vielleicht, wenn der große Krach losging und wieder Blut floß, dann kroch vielleicht einer aus seinem Loch und packte aus. Vielleicht hatte aber auch Bucky Edwards recht: Das Leben war zu kostbar, um es billig zu verkaufen.

Ich dachte darüber nach, erinnerte mich an alles, was er mir erzählt hatte. Als ich es wieder beisammen hatte, nahm ich Kurs auf die Kneipe, wo Bucky um diese Zeit sein mußte. Ich ging schneller. Auf halbem Weg begann es zu nieseln. Ich schlug den Kragen hoch.

Es war ein milder Regen, wie er manchmal im Spätsommer fällt, und er machte eine Musik wie ein einschläferndes Konzert, von dem man glaubt, es geht nie zu Ende. Die Menschen verkrochen sich in ihren Häusern, selbst die Taxis hatten keine Lust mehr, auf Kundenfang herumzukreuzen. Die Fenster der vorüberrauschenden Wagen waren beschlagen, die Fahrer lugten durch hastig gewischte Bullaugen.

Bucky hockte an der Theke, wo ich ihn erwartet hatte. Er starrte ins Glas, das längst nicht mehr eins von den ersten war, und in Gedanken war er verreist, weiß der Teufel wohin — vielleicht in ein Land, in dem es keinen Regen gab und keine Nächte mit Schatten, aus denen Messer blitzten und orangefarbene Blitze zuckten und keine Menschen wie Renzo und Carboy und... Sagte ich Menschen?

Bucky registrierte mich im Spiegel. »Tag, Joe. Du lebst noch?«

Ich bestellte mir etwas zu trinken. »Warum nicht?«

Er schielte mich von der Seite an. »Die ganze Stadt ist steif vor Angst«, sagte er. Dann sah er mich voll an. »Vetter«, meinte er.

»Er rückt ihnen auf den Pelz.«

Bucky hörte nicht, was ich sagte. »Der Kerl gefällt mir immer besser. Was er macht, hätte schon vor langer Zeit getan werden müssen. Ganz allein macht er das. Sie wissen, wer Gonzales umgelegt hat. Einer von Phils Leuten hat's beobachtet, ehe er davonlief. Draußen an der Landstraße hat man einen Mann mit gebrochenem Genick gefunden — man weiß auch, wer das getan hat.« Er ließ die Eiswürfel in seinem Glas kreisen. »Er gibt einen guten Schutzengel für dich ab, mein Junge.«

Ich schwieg.

»Die Sache hat nur einen Haken, Joe.«

»Welchen?«

»Der Mann, der gesehen hat, wie es Gonzales erwischte, sah noch mehr. Nämlich, wie du mit Johnny um das Paket gekämpft hast. Er denkt, du hast es. Alle denken das — und nun sind sie hinter dir her. So etwas darf nicht zweimal passieren. Renzo braucht das Zeug, und Carboy braucht es auch. Weißt du, wen's erwischt?«

Ich schüttelte den Kopf.

»Dich. Im Bauch oder im Kopf. Sogar die Polizei ist auf dich aus wie der Teufel auf die arme Seele. Captain Gerot ist ebenfalls der Ansicht, daß du den Karton hast. Am besten verschwindest du, Joe. Und bleib mir vom Hals. Du hast etwas an dir, wovor mir gruselt. Etwas in der Art, wie du guckst. Etwas in deinem Gesicht. Ich wollte, ich könnte deine Gedanken lesen. Ich habe immer gedacht, ich kenne die Menschen, aber bei dir sehe ich überhaupt nicht durch. Du verursachst mir Alpträume. Du solltest mal in deine eigenen Augen schauen. Ich hab' solche Augen schon gesehen, aber ich weiß nicht mehr, wo. Sie passen kein bißchen zum Gesicht eines Jungen. Los, Joe, hau ab. Die Brüder sind überall in der Stadt. Sie haben nur eine Order – dich zu finden. Und wenn ihnen das gelingt, will ich nicht neben dir sitzen.«

»Wann schreibst du die große Story, Bucky?«

»Das möchte ich gern von dir hören.«

Meine Zähne waren zusammengebissen, trotzdem lächelte ich. »Es dauert nicht mehr lange.«

»Nein, und vielleicht wird's auch nur ein kleiner Nachruf. Sie sind dir auf den Fersen. Dieses Hotel war kein gutes Versteck. Such dir nächstes Mal ein besseres.«

Ich schien mit einem Schlag in Eis zu stecken. Es lastete mir auf den Schultern, drang durch die Haut, eisiges Blut pulste durch meine Adern. Ich packte ihn am Arm und hätte ihn ums Haar vom Hocker gerissen. »Was sagst du da von dem Hotel?«

Er zuckte nur die Schultern. Bucky war wieder weggetreten.

Ich fluchte lautlos, eilte in den Regen hinaus und an die Ecke zum Taxistand.

Der Portier sagte, es tue ihm leid, er wisse überhaupt nichts von Zimmer 612. Der Nachtportier habe eine Woche Urlaub. Ich riß ihm den Schlüssel aus der Hand und stürmte die Treppen hoch. Ich fühlte nur Haß, wilden heißen Haß, und unablässig sagte ich ihren Namen vor mich hin. Ich stieß die Tür auf, blieb schwer atmend stehen und verfluchte mich ein ums andere Mal.

Sie war nicht mehr da. Das Zimmer war leer.

Neben dem Telefon lag ein Zettel. Viel stand nicht drauf: »Bring es dorthin, wo du das erste auch hingebracht hast.«

Ich legte den Zettel wieder hin und starrte durchs Fenster hinaus in die Nacht. Meine Hände waren feucht. Bucky hatte es ausgesprochen: Sie dachten, ich hätte das Paket, und nun wollten sie mich zu einem scheinbaren Tausch zwingen. Danach wollte Mark Renzo uns beide umlegen. Dachte er.

Ich lachte, ganz tief aus der Kehle. Es hörte sich an, als lache ein anderer. Ich betrachtete meine Hände, die sich öffneten und schlossen. Sie hatten Schwielen von Gordons Alteisenkarren. Anderthalb Jahre lang, dachte ich. Achtzehn Monate lang altes Eisen schieben, für lächerliche Pennys — und mit einem Male steckte ich mitten in einem Multimillionengeschäft. Ich war die Schlüsselfigur. Ich, Joe, der Karrenschieber. Nicht mal Vetter war's, um den es sich jetzt drehte.

Ein Weilchen starrte ich auf die Straße hinab. Da winkte meine Glückssträhne mir noch einmal mit einem Fädchen. Ich sah, wie der Wagen hielt und Männer ausstiegen. Einer von ihnen war Phil Carboys rechte Hand. Auf gewisse Art war es ganz lustig. Renzo war seinem Widersacher immer einen Schritt voraus, aber Phil ließ nie lange auf sich warten. Auch er war hinter mein Versteck gekommen und hatte den gleichen Plan geschmiedet. Er wußte ja nicht, daß dieser Film schon gelaufen war.

Aber das war ganz in Ordnung so.

Ich nahm den Kugelschreiber vom Tisch, zog ein Blatt billiges Briefpapier aus der Schublade und kritzelte drauf: »Joe, ich bin in ein paar Stunden wieder da. Warte hier mit dem Paket auf mich. Ich besorge den Wagen.« Ich unterschrieb mit »Helen« legte es neben das Telefon und hob den Hörer ab.

Der Portier meldete sich. »Ja?«

»Gleich werden ein paar Männer kommen und nach der blonden Dame und mir fragen«, sagte ich. »Sagen Sie, Ihres Wissens sei das Zimmer leer, lassen Sie die Herren aber raufgehen. Mich haben Sie nicht gesehen. Verstanden?«

»Sagen Sie...«

»Mister, wenn Sie heute nacht wieder lebend heimgehen wollen, dann tun Sie, was ich Ihnen sage. Andernfalls kann es Sie den Hals kosten. Verstehen Sie wenigstens das?«

Ich legte auf und ließ ihn drüber nachdenken. Ich kannte seinen Typ und machte mir keine Gedanken. Dann verließ ich das Zimmer, schloß ab und stieg empor zum Dach. In fünf Minuten hatte ich die Straße erreicht, und als ich um die Ecke bog, sah ich Licht in dem Zimmer brennen, das ich soeben verlassen hatte. Ich wartete weitere fünf Minuten, dann sah ich den großen Kerl aus dem Hotel kommen und mit dem Fahrer sprechen, der daraufhin den Motor abstellte. Es hatte geklappt.

Das Licht hinterm Fenster verlöschte. Die Wache hatte Posten bezogen, und die Jungs konnten sich Geduld leisten. Dachten sie.

Der Regen strömte jetzt dichter. Es war kühl, der Wind wehte frisch. Ich ging zu Fuß, fügte die restlichen Mosaiksteinchen zum Bild. Ich tat es bedächtig, verdrängte entschlossen die Wut aus meinem Herzen und die Sorge aus meinem Verstand. Ich kam in einen menschenleeren Park, setzte mich auf eine Bank und ließ den Regen auf mich herabplätschern. Als ich meine Hände betrachtete, zitterten sie.

Meine Gedanken liefen mir immer wieder davon. Ich hätte an feiste häßliche Gesichter denken müssen, an Ratten mit Baßstimmen und tückischen Augen. Ich hätte an die feuerroten Blitze denken müssen, die ein Revolver ausspuckt, und an Blut auf dem Asphalt. An Polizisten, die aufs große Geld aus sind. An eine Stadt, in der sich nicht mal die Presse zu reden traute, und wo die dicken Bosse aus der City kamen und das Zeug verhökerten, das wieder neue Menschen auf die schiefe Bahn mit der Endstation Friedhof bringen würde.

An solche Dinge hätte ich denken müssen.

Aber ich dachte nur an Helen. An das reizende Mädchen, das vielen Männern alles gewesen war, aber sie und sich selbst dabei gehaßt hatte. An das wunderschöne Mädchen, das nicht wollte, daß ich mir weh tat, das fürchtete, der Schmutz könne abfärben. An Helen, die zum erstenmal Liebe kennengelernt hatte. Ich dachte an den Ausdruck in ihrem Gesicht, als ich es ihr gesagt hatte. An ihre Schönheit, die gewohnt war, genommen und wieder weggeworfen zu werden – aber nicht von mir, weil ich sie zu sehr liebte und darauf pfiff, was sie vorher gewesen war. Jetzt war sie anders. Ich vielleicht auch. Sie wußte es nicht, aber sie war der bessere Mensch von uns beiden, nicht ich. Sie war das Kind, das man schützend in die Arme nehmen mußte, nicht ich. Und nun hatte sie nur noch ein paar Stunden zu leben, wie ich. Was die Kerle haben wollten, was ihr Leben retten konnte, das lag im Wasser neben dem Pier. Es war so, als besäße ich eine Jacht und keinen Sprit im Tank.

Die Polizei? Nein, die nicht. Die suchten mich ja. Sie würden mir nicht glauben, es für eine Ausrede halten. Das war keine

Lösung. Phil Carboy war auch keine. Er war auf dasselbe aus wie Renzo.

Ich fing an zu lachen, alles war auf so verdammte, pathetische Art komisch. Ich hatte alles in der Hand und konnte nichts damit beginnen. Was, zum Henker, sollte ein Mensch denn noch unternehmen? Wie oft soll er sich selber umbringen? Die Lösung! Sie stand mir vor Augen, aber ich konnte sie nicht greifen. Es war nicht die Lösung, wie ich sie anfangs gesehen hatte – sie war sogar noch besser.

Ich sprach mit mir selber. Ich fing mit dem Abend an, als ich Renzo den Zettel gebracht hatte, den mit Vetters Drohung, er werde ihn mitten in seinem eigenen Nest kaltmachen. Ich schilderte mir ihre Gesichter, als Vetters Name gefallen war. Ein Name genügte, um ihnen Angst in alle Glieder zu jagen – denn für sie war Vetter eine tödliche Unbekannte. Er war der Schatten, der sie verfolgte, der unberechenbare Faktor, der Mann, den alle aus jener Welt kannten, die unterhalb der Gesetze stand. Er war für sie so fürchterlich, daß sie mich und jeden anderen geopfert hätten, nur um ihn zu kriegen. So verdammt lebensgefährlich für sie alle, daß sie eine ganze Armee mobil machten.

Vetter.

Ich verfluchte den Namen. Vetter war nicht mehr wichtig. Für mich nicht mehr. Nur Helen.

Der Regen peitschte mir ins Gesicht, als ich nach oben blickte. Was ich erfahren hatte, paßte ins Bild – und jetzt kannte ich die Lösung. Mir war etwas eingefallen, das ich gesehen hatte, das mir aber zunächst nichts zu bedeuten schien. Es war ein Schild, das an den Landebrücken der Fischerboote hing. SEASON LOCKERS stand darauf – Abstellschränke zu vermieten.

Jack Cooley war so raffiniert gewesen, ganz einfach vorzugehen. Er hatte mir sogar das Lösegeld hinterlassen.

Ich stand auf, ging zur nächsten Ecke und wartete, bis ein Taxi vorbeikam. Ich winkte, stieg ein und nannte dem Fahrer die Adresse des weißen Hauses, in dem Cooley gewohnt hatte.

Derselbe Mann öffnete die Tür. Er nahm den Geldschein aus meiner Hand und nickte mir, einzutreten.

»Hat er irgendwelche alten Klamotten zurückgelassen?« fragte ich.

»So Anglerzeug, unten im Keller, hinterm Koksraum. Wollen Sie's haben?«

»Jawohl, das will ich haben«, sagte ich.

Er erhob sich, und ich folgte ihm. Er machte Licht im Keller, führte mich hinab und durch allerlei Gerümpel. Schließlich zeigte er auf ein paar alte Kleidungsstücke, die an einem Nagel hingen. Ich ging hin und befühlte die Taschen. Der Schlüssel steckte in der Jacke. Ich sagte danke und stieg nach oben. Das Taxi wartete noch. Der Fahrer warf seine Zigarette weg, als ich einstieg, und schlug die Richtung zum Hafen ein.

Ich mußte über einen Zaun steigen, um auf den Pier zu gelangen. Es war nicht schwierig. Die Schränke bestanden alle aus Stahlblech, auf jedem stand ein Name mit Kreide draufgeschmiert. Die Nummer, die zu meinem Schlüssel paßte, war nicht mit »Cooley« beschriftet, aber das war jetzt nicht mehr wichtig. Ich öffnete den Schrank, erblickte den Karton. Er war so fest hineingerammt worden, daß in der Ecke eine Angelrute zerbrochen war. Um ganz sicherzugehen, riß ich ihn an einer Seite auf, drückte ein Loch in die innere Verpackung und kostete das weiße Pulver darin.

Heroin.

Sie hatten wohl nicht damit gerechnet, daß Cooley so simpel verfahren könne. Er hatte einen Dreh gefunden, ihre Ladung zu stehlen und hatte sie einfach hier deponiert. Freund Jack war gar nicht dumm gewesen. Ein geriebener Kunde. Nimmt Zeug für Millionen weg – und hat nichts mehr davon. So schlau war er also auch wieder nicht gewesen. Nicht ganz so gerissen wie Carboy, Gerot, Renzo – nicht mal wie ein Junge, der einen Karren mit Alteisen schiebt. Zum Stehlen hatte es gelangt, zum Leben nicht.

Ich verschloß den Schrank und kletterte mit dem Karton über den Zaun. Der Fahrer brachte mich zum Telefonieren in eine Kneipe und wartete, während ich meine Anrufe erledigte. Der erste ging zu Gerot nach Hause. Der zweite verband mich dann mit Gerot, einem sehr verärgerten Gerot, den ich aus dem Bett geholt hatte.

»Captain«, sagte ich, »hier spricht Joe Boyle, und wenn Sie diesen Anruf orten lassen, verderben Sie alles.«

Der Captain war klug genug, mir zu glauben. »Reden Sie«, war alles, was er sagte.

»Sie können sie alle kriegen. Jeden einzelnen auf dem Tablett serviert. Sie wissen, wovon ich spreche?«

»Ich weiß.«

»Ist's Ihnen so recht?«

»Ich möchte Sie kriegen, Joe, Sie ganz allein.«

»Ich will Ihnen Gelegenheit dazu geben. Aber erst müssen Sie die anderen hochnehmen. Diesmal bleibt kein Detail offen. Aus diesem Schlamassel können sie sich nicht befreien. Es gibt auch gar nicht so viel Geld, sie loszukaufen. Sie kriegen sie alle.«

»Sie will ich auch haben.«

Ich lachte ihn aus. »Ich sage doch, Sie bekommen Gelegenheit dazu. Sie brauchen weiter nichts zu tun, als meinem Rat zu folgen. Das macht Ihnen doch nichts aus, oder?«

»Nicht, wenn ich Sie dabei erwische, Joe.«

Ich lachte nochmals. »Sie brauchen ein Dutzend Leute, auf die Sie sich verlassen können. Die gut zielen können und keine Angst vor dem haben, was möglicherweise hinterher passiert.«

»Die kann ich besorgen.«

»Halten Sie sie bereit. Es dauert nicht mehr lange. Ich rufe zurück.«

Ich hängte ein, starrte eine Sekunde aufs Telefon, ging wieder hinaus. Der Chauffeur verbrannte eine neue Zigarette. Ich sagte: »Ich brauche einen schnellen Wagen. Wo kriege ich den?»

»Wie schnell, und was darf er kosten?«

»Spitzenklasse.«

»Ich hab' 'nen Freund mit 'nem frisierten Ford. Den holt keiner ein. Wird Sie aber was kosten.«

Ich zeigte ihm das Ding in meiner Hand. Seine Augen wurden ein bißchen kleiner. »Vielleicht auch nicht«, meinte er. Er sah mich an, wie Helen mich angeschaut hatte, dann winkte er mir einzusteigen.

Wir machten an einer abgelegenen Pension halt. Ich streifte mein Zeug ab und zog frische Sachen an, dann stopfte ich alles in einen Koffer und weckte die Wirtin. Ich bat sie, den Koffer an die Postfachadresse auf dem Schildchen zu senden und gab ihr ein paar Dollar für die Mühe. Sie versprach, alles zu besorgen, nahm den Koffer mit in ihr Zimmer, und ich ging hinaus. In dem Anzug fühlte ich mich wohler. Ich strich über den Stoff, um mich zu vergewissern, daß alles stimmte. Der Taxifahrer lächelte, als er mich so sah, und hielt mir die Tür auf.

Ich bekam den Ford umsonst — vorausgesetzt, ich fuhr ihn nicht zu Schrott. Sein Besitzer grinste, als er mir die Schlüssel reichte. Ich grinste zurück, gab dem Taxifahrer sein Geld und etwas mehr dazu und stieg mit dem Karton in den Ford. Nun war alles schon fast vorüber.

Eine Meile vor Mark Renzos Landhaus hielt ich an einer Tankstelle, und während der Tankwart vollfüllte, benutzte ich das Telefon. Ich bekam Renzo schon beim ersten Versuch und sagte: »Hier spricht Joe, Dicker.«

Er atmete laut ein. »Wo steckst du?«

»Tut nichts zur Sache. Ich komme. Laß mich mit Helen reden.«

Ich hörte ihn rufen, und dann sprach ich mit Helen. Ihre Stimme klang müde und hoffnungslos. »Joe...«, sagte sie.

Das genügte. Ich hätte ihre Stimme überall wiedererkannt. »Liebes«, sagte ich, »mach dir keine Gedanken. Dir passiert nichts.«

Sie wollte noch etwas sagen, aber Renzo mußte ihr den Hörer abgenommen haben. »Hast du das Zeug, Junge?«

»Ich hab's.«

»Dann beeil dich, Freundchen. Du weißt, was sonst geschieht.«

»Ich weiß«, sagte ich. »Aber zuerst tust du etwas. Ich will dein Haus leer sehen, und zwar rasch. Ich hab' keine Lust, aufgehalten zu werden, wenn ich reingehe. Sag deinen Leuten, sie sollen wegfahren — und wegbleiben. Dann liefere ich dir das Zeug ab.«

»Klar, mein Junge, geht ganz klar. Du kannst selbst zusehen, wie die Boys wegfahren.«

»Ich schau mir's an«, sagte ich.

Spaßvogel.

Dann wählte ich die andere Nummer. Ich ließ mich mit meinem vorigen Hotelzimmer verbinden, und ich war auf der Hut. Ich hörte es klingeln, dann wurde der Hörer abgenommen, und ich sprudelte heraus, als sei ich in großer Eile: »Hör zu, Helen, ich bring' das Zeug jetzt zu Renzo raus. Er wartet drauf. Sobald er geblecht hat, verduften wir. Bis später.«

Als ich aufgelegt hatte, mußte ich lachen. Und dann rief ich noch mal bei Gerot an. Diesmal wartete er auf mich. »Captain«, sagte ich, »Sie finden alle bei Renzo. Es wird 'ne Menge Spaß geben. Und obendrein kriegen Sie ein Vermögen in Heroin.«

»Dich will ich kriegen, Joe.«

»Nicht erst Vetter?«

»Nein, der kommt danach. Erst dich.« Diesmal legte er zuerst auf. Aber ich lachte nur, weil's nun immer lustiger wurde, und dann erledigte ich den letzten Anruf.

Diese Stimme kannte ich ja nun gut genug. »Joe Boyle hier«, sagte ich. »Ich bin unterwegs zu Renzo. Cooley hatte das Zeug in einem alten Schrank versteckt, und ich benötige es für einen Tauschhandel. Ich fahre einen hellblauen Ford und brauche einen sicheren Fluchtweg. Der große Knall steht kurz bevor.«

»Es gibt da einen Seiteneingang«, sagte die Stimme. »Er wird nicht mehr benutzt, und wenn du vorsichtig genug bleibst, schaffst du es bis in die Big City, ohne daß es auffällt.«

»Ich hab' gehört, daß es Gulley erwischt hat«, sagte ich.

»Wirklich traurig, ja. Er war so ein wohlhabender Mann.«

»Kommst du her?«

»Laß mir fünf Minuten Zeit«, sagte die Stimme. »Ich warte am Seiteneingang und sorge dafür, daß dich niemand aufhält.«

»Die Polizei kommt auch. Die fragt allerhand.«

»Laß mich nur machen.«

»Alle wollen Vetter erwischen«, sagte ich.

»Natürlich. Glaubst du, daß sie ihn finden?«

Ich grinste. »Ich bezweifle es.«

Die andere Stimme kicherte; er legte auf.

Von meinem Platz zwischen den Sträuchern aus sah ich sie herauskommen. Sie stiegen in die Wagen, acht Mann insgesamt, und fuhren langsam zum Tor hinaus. Sie nahmen Kurs auf die Stadt, und ich wartete, bis ihre Rücklichter eine Meile entfernt waren, dann stieg ich die Treppen zum Klubeingang hinauf.

Um diese Zeit war es hier gespenstisch, ein schwach beleuchtetes Geisterhaus, hier und da Spuren, daß Menschen hiergewesen waren. Ich blieb hinter der Tür stehen und horchte. Oben hörte ich jemand husten. Es war wie am allerersten Abend, nur war diesmal keiner dabei, der mich am Arm zog. Ich erinnerte mich an die Stufen und den langen, schmalen Flur im ersten Stock und an die Eichentür am Ende. Sogar an den dünnen Lichtstreifen, der unten zu sehen war. Ich klemmte den Karton unter einen Arm und ging hinein.

Renzo saß im Sessel hinter seinem Schreibtisch und lächelte. So ein belustigtes Lächeln, als sei ich ein Riesendummkopf. Helen kauerte in einer Ecke am Boden und hielt sich die Wange. Ihr Kleid war bis zur Taille zerrissen, Stoffetzen spannten sich über ihren Busen, und mit der anderen Hand versuchte sie, ihren Körper vor Renzos gierigem Blick zu verbergen. Sie zitterte, und in ihren Augen stand namenlose Angst.

Und Renzo grinste. Der dicke, fette Renzo. Renzo, der Strolch, dessen Blicke nun dem Paket unter meinem Arm galten; sein Grinsen wich einer hämischen Grimasse. Renzo, der Killer, der sich jede Art Morde hatte leisten können – und mich jetzt anstarrte, als sehe er mich zum erstenmal.

»Du hast dich ja zum Verreisen fein gemacht, Junge«, sagte er.

»Klar.«

»Das hättest du dir sparen können.« Seine Grimasse wurde womöglich noch breiter, aber ich achtete nicht auf ihn. Ich sah zu Helen hinüber, bemerkte den ungläubigen Ausdruck in ihrem Gesicht.

»Hab' ich mich verändert, Helen?«

Sie konnte nicht sprechen, Sie konnte nur nicken.

»Ich hab' dir ja gesagt, ich bin kein Junge mehr. Ich sehe nur so aus. Zwanzig, einundzwanzig – hast du das geglaubt?« Ich lachte, und es klang eigentümlich. Renzo vergaß zu grinsen. »Das war ich mal, vor zehn Jahren. Du brauchst nicht zu befürchten, daß du dich in ein halbes Kind verliebt hättest.«

Renzo stand langsam auf. Bedächtig, ein menschliches Ungetüm mit gespreizten Händen, die etwas umbringen wollten. »Ihr zwei wart das also. Ihr hättet mich ums Haar ruiniert. Wißt ihr, was jetzt passiert?« Er leckte sich die Lippen, und unter seinem Hemd spannten sich die Muskeln.

Mein Gesicht veränderte sich, ich nickte. Renzo bemerkte das gar nicht. Helen sah es. »Jetzt passiert eine Menge, Dicker«, sagte ich. Ich ließ das Paket fallen und feuerte es mit einem Fußtritt beiseite. Renzo kam um den Schreibtisch herum. Er konnte nicht mehr klar denken. Er sah nur mich, durch den sein Imperium beinahe geplatzt wäre. Dieser Karton konnte alles wieder leimen. »Du brauchst nur zu lauschen«, sagte ich, »dann hörst du, was passiert.«

Er blieb stehen, wandte den Kopf. Und nun war es deutlich zu vernehmen, das Heulen der Motoren und die Schüsse, die scharf durch den nächtlichen Regen hallten. Die da draußen schienen rasend zu sein, wahnsinnig wie ein Himmelfahrtskommando, wenn der erste Schuß gefallen ist; keiner schien mehr auf das Schrillen der Sirenen zu achten.

Und jetzt passierte auch etwas mit Renzo. Mordlust und Haß funkelten in seinen Augen, Speichel befeuchtete seine Mundwinkel. Sein ganzer schwerer Körper bebte, und als er sich wieder mir zuwandte, sah man, wem die Mordgier galt.

»Komm her, Helen«, sagte ich, und sie kam. Ich nahm den Briefumschlag aus der Tasche und gab ihn ihr, dann zog ich die Jacke aus und legte sie ihr um die Schultern. Sie hielt die Revers fröstelnd zusammen, langsam wich die Angst aus ihren Augen. »Geh durch den Seiteneingang hinaus, zur alten Straße hin. Dort wartet ein Wagen. Dort wartet ein langer Kerl, ein großer kräftiger Mann – und falls du zufällig auch sein Gesicht siehst, vergiß es wieder. Sag ihm, er soll den Bericht dem Chef geben. Sag ihm, er soll mit dem nächsten Auftrag warten, bis ich mich melde. Dann laß den Motor an und wart auf mich. Ich werd's eilig haben. Hast du alles verstanden?«

»Ja, Joe.« Sie schaute immer noch ungläubig drein.

Renzo bewegte sich langsam, seine Absicht stand ihm ins Gesicht geschrieben. Er hielt die Hände ausgestreckt und schnitt mir den Weg zur Tür ab.

Sirenen und Schüsse kamen näher.

»Hier holt Vetter dich nicht mehr raus, Junge«, sagte er. »Ich werde erst dich umbringen, und dann kommt die Puppe dran. Die blonde Puppe. Weber hat mir gesagt, daß er bei Gulley eine Blondine gesehen hat, und ich weiß jetzt, wer mir das alles eingebrockt hat. Ihr werdet beide sterben, mein Junge. Vetter mischt nicht mehr mit.«

Ich ließ ihn mich gründlich studieren. Dann sagte ich: »Weißt du noch, was auf dem Zettel stand? Daß Vetter dich mitten in deinem eigenen Nest kaltmachen wird. Weißt du's noch, Renzo?«

»Sicher«, sagte er. »Und nun erzähl mir ja nicht, du hättest ein Schießeisen, Junge. Erzähl's mir, und ich schimpfe dich einen Lügner. Ich rieche ein Schießeisen auf eine Meile. Du bist geliefert, Junge. Vetter kann dir nicht mehr helfen.«

Vielleicht lag's an der Art, wie ich dastand. Ich spürte, wie meine Schultern locker wurden, und mein Gesicht wurde jetzt zu einer Maske, die nur Renzo sehen konnte. »Du hast zuviel Menschen auf dem Gewissen, Renzo, einen zuviel. Jene, die du mit dem Gift belieferst, sterben langsam; die andern, die es dir abnehmen, sterben schnell. Du hast sie umgebracht, Renzo, sie alle. Weißt du, was man in diesem Land mit Mördern macht? Es ist eine komische Justiz, aber sie funktioniert. Um ihren Zweck zu erfüllen, bedient sie sich mitunter eigenartiger Mittel. Aber sie funktioniert.

Erinnere dich an den Zettel. Erinnere dich genau, was draufstand.« Ich grinste, und etwas in meinem Grinsen bremste ihn anderthalb Meter vor mir. Etwas ließ ihn die Stirn runzeln, dann öffnete er weit die Augen, fast zu weit — und jetzt blickte er drein wie Helen beim erstenmal.

»Wart nicht auf mich«, sagte ich zu Helen. Ich hörte, wie die Tür auf und zu ging. Renzo wich zurück.

Mir blieben bestenfalls noch zwei Minuten.

»Ich bin Vetter«, sagte ich. »Hast du's nicht gewußt? Hast du's nicht gemerkt? Ich, Vetter. Der Mann, der allen Rätsel aufgibt, auch der Polizei. Vetter, das Rätsel. Vetter, der überall und nirgends ist.« Die Luft zischte kalt an meinen Zähnen vorbei. »Denk an den Zettel, Renzo. Nein, du kannst kein Schießeisen riechen, weil ich keins bei mir habe. Aber sieh dir meine Hand an. Du bist groß und stark, du bist ein Mörder, aber sieh dir meine Hand an, und dann merkst du, was gespielt wird. Dann weißt du, daß nichts auf dem Zettel gelogen war.«

Renzo wollte schreien, stolperte und fiel. Ich lachte wieder und ging auf ihn zu. Er griff nach etwas, das in der Schreibtischlade lag, und dabei wußte er genau, daß er's nicht schaffen würde. Das Messer in meiner Hand hüpfte ein bißchen, und wieder schrie er, so hoch, daß es fast zu den Sirenen paßte.

Ich hatte vielleicht noch eine Minute Zeit, aber sie genügte, um das Rätsel wieder neu zusammenzusetzen; wenn der Name jetzt wieder irgendwo fiel, würde wieder ein Stein ins Rollen kommen und das Land wieder ein bißchen sauberer werden, und wenn der Chef den Bericht las, bedeutete dies, daß wieder ein Fall erledigt war – anders als üblich, aber erledigt.

HINTER DER HECKE

Der stämmige Mann gab dem Pagen Mantel und Hut und ging durch die Eingangshalle in den großen Aufenthaltsraum des Klubs. In der Tür blieb er nur einen Augenblick stehen, aber da hatte er auch schon alles registriert, was es zu sehen gab; die Schachpartie am Fenster, die vier Kartenspieler und den Einzelgänger im Hintergrund des Saales, der an seinem Drink nippte.

Er schritt zwischen den Tischen hindurch, nickte den Kartenspielern flüchtig zu und ging nach hinten. Der andere blickte von seinem Glas auf und lächelte. »Tag, Inspektor. Setzen Sie sich doch, Trinken Sie was?«

»Hallo, Dunc. Dasselbe wie Sie.«

Der Mann winkte kurz, der Kellner nickte und verschwand. Der Inspektor ließ sich seufzend in einen Sessel sinken. Er war ein großer Mann und schwer, ohne dick zu wirken. Nur die hohen Schuhe verrieten seinen Beruf. Als er Chester Duncan nun ansah, lächelte er insgeheim; er beneidete den andern um seine Lässigkeit und Überlegenheit; trotzdem hätte er um nichts in der Welt mit ihm tauschen mögen.

Das ist ein Mann, dachte er recht selbstzufrieden, der eigentlich alles haben müßte – und doch im Grunde gar nichts hatte. Gewiß, er besaß Geld und eine hohe gesellschaftliche Stellung, aber das Schönste von allem blieb ihm versagt: eine Familie. Und der Inspektor dachte an seine fünf munteren Sprößlinge zu Hause und sagte sich, daß er seinen Lebenszweck hingegen wohl erfüllt habe.

Der Kellner erschien wieder, und der Inspektor widmete sich seinem Glas. Als er es hinstellte, meinte er: »Ich wollte mich bei Ihnen bedanken, für diesen – ähem, Tip. Sie wissen ja, es war das erstemal, daß ich spekuliert habe.«

»War mir ein Vergnügen«, sagte Duncan. Er spielte mit dem Glas, drehte es zwischen den Fingern. Seine Brauen zuckten plötzlich hoch, als amüsiere er sich über etwas. »Ich nehme an, Sie haben von all diesen häßlichen Gerüchten gehört?«

Der Inspektor wurde ein bißchen rot. »Um ehrlich zu sein, ja. Einiges davon ist wirklich gemein.« Er nippte wieder an seinem Glas und klopfte eine Zigarette auf den Tisch. »Wissen Sie«, sagte er, »wenn Walter Harrisons Tod nicht so einwandfrei ein Selbstmord gewesen wäre, dann wären Sie jetzt wahrscheinlich Hauptziel der Ermittlungen.«

Duncan lächelte. »Nun hören Sie aber auf, Inspektor. Die Börse geriet erst nach seinem Tod in Bewegung, das wissen Sie doch.«

»Stimmt. Aber man sagt beharrlich, Sie hätten das irgendwie manipuliert.« Er schwieg und vertiefte sich in Duncans Gesicht. »Verraten Sie's mir – haben Sie's getan?«

»Warum sollte ich mich selber belasten?«

»Die ganze Sache ist zu den Akten gewandert. Harrison hat sich aus dem Fenster eines Hotelzimmers gestürzt. Die Tür war verschlossen, und es war unmöglich, daß jemand in sein Zimmer eindringen und ihm einen Stoß geben konnte. Nein, wir sind überzeugt, daß es sich um einen Selbstmord handelt. Im übrigen sind alle Leute, die je mit Harrison in Verbindung standen, einhellig der Ansicht, daß er der Welt mit seinem Tod einen Gefallen erwiesen hat. Immerhin wollen jedoch die Gerüchte nicht verstummen, Sie hätten die Hand im Spiel gehabt.«

»Bitte, Inspektor, sagen Sie mir, ob Sie mir wirklich den Mut und die Raffinesse zutrauen, mich gegen einen Mann wie Harrison zu stellen und ihn zu einem Selbstmord zu – zu zwingen?«

Der Inspektor runzelte die Stirn, dann nickte er. »Ja, doch. Jedenfalls haben Sie durch seinen Tod profitiert.«

»Und Sie auch.« Duncan lachte.

»Hm...«

»Das ist freilich nichts, wofür man sich schämen müßte«, fügte Duncan hinzu. »Als Harrison starb, vermutete man an der Börse naturgemäß, die Aktien seiner Mehrheitsbeteiligungen stünden vor dem Sturz — und man stieß sie schleunigst ab. Zufällig war ich einer der wenigen, die wußten, daß die Aktien so sicher wie Gold sind, und deshalb habe ich gekauft. Natürlich habe ich meinen Freunden einen Wink gegeben. Weshalb sollte man keinen Nutzen aus dem Tod eines — einer Ratte ziehen.«

Durch einen Rauchschleier sah Inspektor Early, wie die Mundwinkel seines Gegenübers sich verächtlich herabzogen. Sein Gesicht verdüsterte sich, er beugte sich vor. »Duncan, wir beide sind nun schon eine ganze Weile gut miteinander ausgekommen. Ich bin aber nun mal Polizist und deswegen neugierig, und ich denke mir, unser seliger Walter Harrison hat Sie unmittelbar vor seinem Tod verflucht.«

Duncan schwenkte sein Glas. »Daran zweifle ich nicht«, sagte er. Seine Blicke trafen sich mit denen des Inspektors. »Möchten Sie's wirklich erfahren?«

»Nicht, wenn es sich um ein Mordgeständnis handelt. In diesem Fall wäre es mir lieber, wenn Sie gleich mit dem Staatsanwalt sprächen.«

»Oh, um so was handelt es sich wirklich nicht. Nein, Inspektor, wenn man sich auch noch so große Mühe gäbe, man könnte mir nichts anhaben. Sie müssen wissen, daß Walter Harrison seiner eigenen, unersättlichen Gier zum Opfer gefallen ist.«

Der Inspektor lehnte sich im Sessel zurück. Der Kellner vertauschte die leeren Gläser mit vollen, und die beiden Männer prosteten einander stumm zu.

»Einiges werden Sie ja schon wissen, Inspektor«, sagte, Duncan. »Trotzdem will ich ganz von vorn anfangen und Ihnen alles erzählen, wie es sich zugetragen hat. Walter Harrison und ich lernten uns beim Jurastudium kennen. Wir waren beide jung und nicht sonderlich eifrig. Eins war uns gemeinsam — nur eins: Wir waren beide Söhne wohlhabender Eltern, die sich größte Mühe gegeben hatten, ihre Kinder zu verwöhnen. Da wir die einzigen waren, die sich gewisse — Annehmlichkeiten leisten konnten, schlossen wir uns zwangsläufig einander an; obwohl schon damals, wenn ich mich so zurückerinnere, wenig echte Freundschaft im Spiel war.

Ich besaß eine gute Auffassungsgabe und brauchte mir beim Studieren kein Bein auszureißen. Walter hingegen lernte überhaupt nichts. Bei Prüfungen mußte ich ihn mit durchmogeln. Damals schien das ja ganz lustig zu sein – aber genaugenommen tat ich die ganze Arbeit, während er in der Stadt seinen Vergnügungen nachging. Ich war freilich nicht der einzige, den er so ausnutzte. Auch andere Studenten fühlten sich durch seine Freundschaft geehrt und halfen ihm. Walter hätte mit seinem Charme selbst den Teufel für sich gewonnen.

Und dieses Talent hatte er auch oft bitter nötig. Oft genug redete er sich aus der Klemme, wenn er wegen irgendwelcher kleinerer Vergehen übers Wochenende ins Gefängnis sollte; selbst unseren gestrengen Rektor wickelte er um den kleinen Finger. Trotz allem blieb ich sein Freund. Ich teilte alles mit ihm, sogar die Mädchen. Ich fand es damals noch amüsant, wenn ich mich verabredet hatte und ihn dann zufällig traf – und er dann meine Freundin nach Hause brachte.

Im letzten Semester kam der große Wirtschaftskrach. Für mich hatte das kaum eine Bedeutung, denn mein Vater hatte ihn kommen sehen und vergrößerte sein Vermögen sogar noch dabei. Walters Vater jedoch ging zugrunde. Er gehörte zu denen, die sich an diesem Tag erschossen.

Für Walter war das natürlich ein schwerer Schlag, er betrank sich sinnlos. Wir hatten eine lange Aussprache, er wollte sofort die Universität verlassen, aber ich redete ihm so lange zu, bis er Geld von mir annahm, um sein Studium abzuschließen. Wenn ich es mir recht überlege, er hat es mir nie zurückgezahlt. Nun ja, ist ja wohl auch nicht mehr wichtig.

Nach dem Abschlußexamen trat ich in die Firma meines Vaters ein, und als er später starb, übernahm ich sie. Im gleichen Monat tauchte auch Walter wieder auf. Er kam zu einem kurzen Besuch – und blieb in der Stellung, die ich ihm gab, wobei er freilich nie einen Hehl daraus machte, was eigentlich seine Absicht war. Er erreichte es auch, und in gewissem Sinne war das auch für mich von Nutzen. Walter war eben ein gerissener Geschäftsmann.

Sein Aufstieg unter den Finanziers war spektakulär. Er war viel zu schlau, um lange in einer Stellung zu bleiben, und als man in Wallstreet nur noch von ›Harrison, dem Genie‹ sprach, konnte es ja gar nicht ausbleiben, daß er ein eigenes Unternehmen gründete. Danach wurden wir Konkurrenten, blieben jedoch weiter Freunde.

Entschuldigen Sie, Inspektor, sagen wir lieber, daß ich sein Freund blieb, denn meiner ist er nie gewesen. Seine Unbarmherzigkeit war manchmal erschreckend, aber selbst dann brachte er es mit seinem Charme noch fertig, daß seine Opfer ihr Los lächelnd hinnahmen. Einmal hat er es beispielsweise geschafft, mit einer Transaktion eine runde Million zu verdienen, wobei ich das Nachsehen hatte. Mehr als einmal hätte er mich beinahe ruiniert, aber am nächsten Tag besuchte er mich fröhlich und guter Dinge, als sei es nur eine Tennispartie gewesen, die er gewonnen habe.

Wenn Sie seinen Aufstieg verfolgt haben, kennen Sie gewiß auch sein Privatleben. Er hat sich nichts entgehen lassen. Zweimal wurde er von eifersüchtigen Ehemännern fast umgebracht, und wenn es dazu gekommen wäre – kein Geschworenengericht hätte den Täter wegen Mordes verurteilt. Ein junges Mädchen beging Selbstmord, weil ihre Eltern nicht erfahren sollten, daß sie sich mit Walter eingelassen hatte und von ihm sitzengelassen worden war. Er war ja recht großzügig. Er bot ihr Geld an, sie sollte sich die Ärzte aussuchen und alles bekommen, was sie wollte, nur nicht seinen Namen für das Kind, das sie erwartete. Nein, seinen Namen wollte er da noch nicht hergeben. Das kam ein paar Wochen danach.

Ich war seinerzeit verlobt. Ich hatte mich auf den ersten Blick in Adrienne verliebt, und man kann mit Worten gar nicht beschreiben, wie glücklich ich war als sie mir ihr Jawort gab. Wir verbrachten unsere meiste Zeit damit, Pläne für die Zukunft zu schmieden. Wir suchten schon ein Grundstück auf Long Island aus und fingen an, unser Haus zu bauen. Wenn es fertig war, wollten wir heiraten, und wenn je ein Mann in einer Traumwelt gelebt hat, dann ich in jenen Wochen. Mein Glück schien vollkommen, und das ihre auch, so jedenfalls glaubte ich. Das Schicksal schien es nur noch gut mit mir zu meinen. Beruflich häuften sich die Erfolge ebenfalls; was ich anfaßte, verwandelte sich in Gold, und im Handumdrehen glaubte man in

Wallstreet eher an mich als an Walter Harrison. Ohne es zu ahnen, machte ich ein paar Geschäfte, die ihm fast die Luft ausgehen ließen – obwohl ich bezweifle, daß dies allgemein erkannt wurde. Walter sorgte jedenfalls dafür, daß die glänzende Fassade, die er aufgebaut hatte, zumindest scheinbar erhalten blieb.«

Hier hielt Duncan inne und blickte nachdenklich in sein Glas. Inspektor Early blieb unbewegt sitzen und wartete, daß er weitersprach.

»Walter kam mich besuchen«, sagte Duncan. »Ich werde diesen Tag niemals vergessen. Ich hatte mich zum Dinner mit Adrienne verabredet und lud ihn ein, doch mitzukommen. Heute weiß ich, daß er von da an nur aus purer Bosheit handelte, es gab keinen anderen Beweggrund für ihn. Zunächst dachte ich, es sei mein Fehler gewesen oder ihrer, Walter gab ich zunächst gar keine Schuld...

Ersparen Sie mir die Einzelheiten, Inspektor, ich erinnere mich nicht gern daran. Ich saß da und sah zu, wie Adrienne von seinem Charme bezaubert wurde, derweil ich zur bloßen Dekoration auf dem Stuhl gegenüber absank. Ich mußte zuschauen, wie er sich Tag für Tag bei uns einfand, Abend für Abend. Dann hörte ich davon, daß sie sich heimlich ohne mich trafen, und dann merkte ich selbst, daß sie ihn liebte.

Ja, das war eine bittere Erkenntnis. Ich dachte daran, beide umzubringen – und dann mich selbst. Als ich einsah, daß dies keine Lösung war, gab ich den Gedanken auf.

Adrienne kam eines Abends zu mir. Sie sagte, es tue ihr ja so weh, mich zu verletzen, aber sie habe sich in Walter Harrison verliebt und wolle ihn heiraten. Was sollte ich tun? Ich machte gute Miene zum bösen Spiel und löste die Verlobung. Sie warteten nicht lange. Eine Woche danach heirateten sie, und ich war das Gespött der Street.

Vielleicht hätte die Zeit alle Wunden geheilt, wenn es anders gekommen wäre. Aber es dauerte nicht lange, da hörte ich, mit ihrer Ehe stimme was nicht. Man sagte, Adrienne habe sich verändert, und ich wußte mit Bestimmtheit, daß Walter sie betrog.

Sehen Sie, da erkannte ich, wie es in Wahrheit gewesen war.

Walter hatte sie nie geliebt. Er liebte nie jemand außer sich selbst. Er heiratete Adrienne, weil er mich zutiefst verletzen wollte. Er haßte mich, weil ich etwas besaß, das ihm immer gefehlt hatte — ein fröhliches Herz, Talent zum Glück. Danach suchte er nur immer verzweifelt, konnte es aber nie greifen.

Im Dezember jenes Jahres erkrankte Adrienne. Sie litt noch einen Monat, dann starb sie. Unmittelbar vor ihrem Tode hat sie nach mir verlangt, wollte mich um Verzeihung bitten — das habe ich von einem ihrer Mädchen erfahren. Walter vergnügte sich übrigens auf einer Party, als sie starb. Zur Beerdigung kam er nach Hause, aber gleich anschließend flog er mit einem attraktiven Showgirl nach Florida in Urlaub.

O Gott, wie haßte ich diesen Mann! Ich träumte davon, daß ich ihn umbrachte! Sooft meine Gedanken sich von der Arbeit lösten, gaukelten sie mir stets das Bild vor, wie ich mit einem Messer in der Hand über seinem Leichnam stand und lauthals lachte.

Hin und wieder hörte ich von Walters amourösen Abenteuern, und ihnen allen schien eine bestimmte Absicht zugrunde zu liegen. Ich machte mir die Mühe und erfuhr Näheres von ihm, und bald hatte ich heraus, daß Walter geradezu davon besessen war, eine Frau zu finden, die er wahrhaft lieben könne. Da er ja unermeßlich reich war, hegte er ständig den Verdacht, die Frauen suchten sein Geld und nicht ihn selbst — und mit eben diesem Verdacht verdarb er es sich bei jeder Frau.

Es mag Ihnen seltsam erscheinen, daß wir uns trotz meiner Abneigung regelmäßig trafen. Und genauso seltsam ist es, daß er nie erkannte, wie sehr ich ihn haßte. Natürlich wußte er, daß er nirgends sehr beliebt war, aber bei mir vermutete er nie etwas anderes als eine einfältige Freundschaft.

Es war recht eigenartig, wie ich auf die Lösung meines Problems stieß. Die Möglichkeit dazu hatte schon die ganze Zeit bestanden, ich wußte davon, aber es war mir noch nicht eingefallen, wie ich mich ihrer bedienen konnte. Und dann saß ich eines Tages auf meiner Veranda und las die Aktennotiz meines Büroleiters. Sie berichtete, daß Walter an der Börse wieder einmal einen Coup gelandet hatte, der das ganze Aktiengefüge ins Wanken brachte. Es war eine jener Gelegenheiten gewesen, bei der jede Krise in Wallstreet die Gesamtwirtschaft treffen mußte, und was Walter getan hatte, gefährdete das Wirtschaftsgefüge der USA. Nur mit großer Mühe gelang es, eine allgemeine Krise zu vermeiden, freilich mußte deswegen eine ganze Reihe von Firmen schließen. Walter Harrison dagegen hatte sein Vermögen verdoppelt, ein Vermögen, das er nie im Leben brauchen würde.

Wie gesagt, ich saß da und las, als ich sie hinter einem Fenster im Nachbarhaus erblickte. Die Sonne schien dort hinein und zauberte schimmernde Glanzlichter auf ihr goldenes Haar, schuf ein Bild fast überirdischer, unbeschreiblicher Schönheit. Ein Diener erschien mit einem Tablett, und während sie sich zum Lunch niedersetzte, verlor ich sie der trennenden Hecke wegen aus den Augen. Dabei schoß mir der Gedanke durch den Kopf, wie einfach doch alles zu bewerkstelligen war.

Ich traf Walter am Tag darauf beim Lunch. Er trug dick mit seinem letzten Abenteuer auf und tat, als erzähle er einen Witz.

›Sag mal‹, meinte ich, ›du hast mich doch noch nie in meinem Haus auf Long Island besucht, nicht wahr?‹

Er lachte, und ich bemerkte dabei etwas Schuldbewußtsein in seinem Blick. ›Um der Wahrheit die Ehre zu geben‹, sagte er, ›ich wäre schon längst mal rausgekommen, wenn du das Haus nicht für Adrienne gebaut hättest. Nach allem, was...‹

›Sei doch nicht albern, Walter. Was vorbei ist, ist vorbei. Hör zu, wie wär's mit ein paar Tagen Erholung bei mir, bis alles wieder im rechten Lot ist? Nach deinem letzten Streich hast du das gewiß nötig.‹

›Prima, Duncan, ganz prima! Wann es dir paßt...‹

›Fein, ich hole dich heute abend ab.‹

Die Fahrt hinaus war sehr abwechslungsreich, wir machten ein paarmal Station, tranken einiges und erzählten aus alten Studententagen. Bei anderer Gelegenheit hätte ich darüber gelacht, aber diesmal war mir bei derlei Erinnerungen unbehaglich zumute. Als wir bei mir zu Hause ankamen, trommelte ich ein paar Bekannte zusammen und stellte ihnen den berühmten Walter Harrison vor, dann überließ ich ihn dem Kreis der Bewunderer und ging schlafen.

Wir frühstückten auf der Terrasse. Walter schmeckte es ausgezeichnet, er atmete tief die reine Seeluft ein und fühlte sich pudelwohl. Es war genau neun Uhr, da spiegelte sich die Sonne blitzend in den Fenstern des Nachbarhauses, als sie ein Diener öffnete, um die frische Brise einzulassen.

Und dann erschien sie. Ich winkte, und sie winkte zurück. Walter wandte den Kopf, sah hinüber, und ich hörte ihn plötzlich die Luft anhalten. Sie war auch eine Augenweide: Die Haare fielen ihr wie pures Gold auf die Schultern, eine leuchtendweiße Bluse schien ihre außergewöhnlichen Formen noch zu betonen und hob andrerseits die Bronzefarbe ihrer Schultern hervor.

Walter sah drein, als träume er. ›Lieber Gott, welch eine Schönheit!‹ sagte er. ›Wer ist sie, Dunc?‹

Ich nippte an meinem Kaffee. ›Eine Nachbarin‹. sagte ich leichthin.

›Glaubst du, meinst du, ich kann sie kennenlernen?‹

›Vielleicht. Sie ist aber noch recht jung und ziemlich schüchtern. Es wäre wohl besser, wenn sie dich erst ein paarmal mit mir zusammen sieht, ehe man euch einander vorstellt.‹

Er war mit einemmal heiser, hatte ein gieriges, hungriges Gesicht bekommen. ›Ganz wie du willst, aber kennenlernen muß ich sie unbedingt.‹ Er wandte sich um und grinste. ›Und bis das klappt, solang' bleib' ich hier, verlaß dich drauf.‹

Wir lachten darüber und widmeten uns wieder unseren Zigaretten, aber immer wieder bemerkte ich, wie er zur Hecke hinüberschaute – und wie dabei der besessene Eifer in seinem Gesicht aufblitzte.

Weil ich ihre Gewohnheiten kannte, wußte ich, daß wir sie an diesem Tag nicht mehr zu sehen bekommen würden. Aber Walter wußte das nicht. Er versuchte, nicht mehr über sie zu reden, aber er kam doch immer wieder auf das Thema zurück. Schließlich fragte er: ›Übrigens, wer ist sie eigentlich?‹

›Sie heißt Evelyn Vaughn. Stammt aus einer sehr wohlhabenden Familie.‹

›Und wohnt hier ganz allein?‹

›Nein, außer dem Personal stehen ihr ein Arzt und eine Schwester zur Verfügung. Sie war in letzter Zeit gesundheitlich nicht ganz in Ordnung.‹

›Zum Teufel, sie sieht doch wie das blühende Leben aus.‹

›O ja, jetzt wieder, das stimmt‹, gab ich zu. Ich trat an den Fernsehapparat und schaltete die Baseballübertragung ein. Dann wurde Walter zum sechstenmal angerufen, aber seine Antwort blieb immer dieselbe. Er fuhr nicht nach New York zurück. Ich hörte die Vorfreude aus seiner Stimme heraus, und ich wußte, weswegen er blieb. Ich mußte mich auf den Bildschirm konzentrieren, um mich nicht mit einem Lächeln zu verraten.

Auch am nächsten und übernächsten Tag tauchte Evelyn drüben auf. Walter winkte nun auch, und als sie zurückwinkte, leuchtete es in seinem Gesicht so auf, daß er fast jungenhaft wirkte. Die Sonne hatte ihn schon hübsch gebräunt, und er stolzierte umher wie ein Pfau, besonders dann, wenn sie ihn sehen konnte. Er löcherte mich mit Fragen, ich antwortete ausweichend. Irgendwie war er auf die Idee verfallen, seiner Bedeutung wegen habe man uns von drüben aus doch eigentlich längst schon einen Besuch abstatten müssen. Als ich ihm daraufhin erklärte, daß für Evelyn weder Reichtum noch Stellung etwas bedeuteten, sah er mich sehr scharf an, um zu ergründen, ob ich die Wahrheit sagte. Um zu werden, was er nun war, hatte es gewiß die Fähigkeit gebraucht, anderer Leute Gesichter enträtseln zu können – und mithin wußte er, daß ich in diesem Punkt die lautere Wahrheit gesprochen hatte.

Und so saß ich tagtäglich da und beobachtete, wie Walter Harrison sich rettungslos in eine Frau verliebte, mit der er noch kein Wort gewechselt hatte. Er verliebte sich in die Art, wie sie winkte, so sehr, daß jede Bewegung ihrer Hand ihm wie nur für ihn bestimmt vorkam. Seine Liebe galt der strahlenden Schönheit ihres Körpers, er verschlang sie mit den Augen, wenn sie aus dem Haus kam und zum Strand ging, es schmerzte ihn förmlich, daß er ihr noch nicht näher sein durfte. Manchmal drehte sie sich um, sah uns und winkte.

Abends stand er am Fenster und hörte nicht, was ich sagte, weil er immer nur auf ihre Fenster starrte und auf einen flüchtigen Blick von ihr hoffte. Oft hörte ich ihn ihren Namen vor sich hin murmeln.

So konnte es nicht weitergehen. Ich wußte das, und er wußte es auch. Sie war gerade aus dem Wasser gekommen, Tropfen glitzerten auf ihrer Haut. Sie lachte über etwas, das ihre Begleiterin gesagt hatte, und dabei warf sie den Kopf zurück, daß die langen blonden Haare ihr über den Rücken flossen.

Walter rief und winkte, und sie lachte wieder und winkte ebenfalls. Der Wind trug ihre Stimme herüber, und Walters Atem schlug mir heiß ins Gesicht. ›Hör zu, Duncan, ich gehe jetzt rüber und stelle mich ihr vor. Ich halte diese Warterei nicht mehr aus. Du lieber Himmel, was muß man denn alles anstellen, nur um eine Frau kennenzulernen?‹

›Du hattest damit noch nie Schwierigkeiten, nicht wahr?‹

›So was ist mir noch nie passiert‹, sagte er. ›Gewöhnlich laufen sie mir nach. Und ich hab' mich doch nicht verändert, oder? Ich wirke doch nicht irgendwie abstoßend...?‹

Ich war versucht, ihm die Wahrheit zu sagen, aber statt dessen lachte ich nur. ›Du bist und bleibst der alte. Es würde mich gar nicht wundern, wenn auch sie sehnsüchtig drauf wartete, dich kennenzulernen. Eins darf ich dir jedenfalls versichern: Sie ist noch nie so oft aus dem Haus gekommen wie jetzt, seit du hier bist.‹

Seine Augen leuchteten auf. ›Meinst du, Dunc? Meinst du das wirklich?‹

›Da bin ich ganz sicher. Und ich darf dir noch eins versichern: Wenn sie dich mag – und so sieht es ja aus –, dann gewiß nur um deiner selbst willen.‹

So plump dieser Pfeil auch geschnitzt war, er saß. Walter sah mich schon gar nicht mehr. Er versank in Gedanken, und dann meinte er: ›Ich gehe jetzt hinüber, Dunc. Ich bin verrückt nach diesem Mädchen. Ich schwöre dir, daß ich sie heirate – und wenn es das Letzte ist, was ich je tue.‹

›Verdirb nicht alles, Walter. Ich verspreche dir, morgen gehe ich mit dir hinüber.‹

Seine Besessenheit war mitleiderregend. Ich glaube, er machte in dieser Nacht kein Auge zu. Lange vor dem Frühstück wartete er schon auf der Terrasse auf mich. Wir frühstückten schweigend, und jede Minute wurde für ihn zur Ewigkeit. Er drehte sich wiederholt um und blickte über die Hecke, und ich bemerkte einen Schimmer von Besorgnis in seinen Augen, weil sie nicht erschien.

Verkrampfte Fältchen zeigten sich an seinen Augen, und er sagte: ›Wo ist sie bloß, Dunc? Sie müßte doch jetzt längst schon draußen sein, nicht wahr?‹

›Ich verstehe es auch nicht‹, sagte ich. ›Es ist wirklich eigenartig. Einen Augenblick, bitte.‹ Ich läutete, und meine Haushälterin kam. ›Haben Sie heute schon jemand von den Vaughns gesehen, Martha?‹ fragte ich sie.

Sie nickte. ›O ja, Sir. Sie sind sehr zeitig in die Stadt zurückgefahren.‹

Walter starrte mich an. ›Verdammt!‹

›Na, sie werden gewiß zurückkommen‹, beruhigte ich ihn.

›Zum Teufel, Dunc, darum geht es doch nicht!‹ Er stand auf und schleuderte seine Serviette auf den Stuhl. ›Begreifst du denn nicht, daß ich dieses Mädchen liebe? Ich kann nicht warten, bis sie zurückkommt!‹

Sein Gesicht war ein einziger Ausdruck der Enttäuschung. Von Zorn war ihm nichts anzumerken, nur von seinem besessenen Verlangen nach dieser Frau. Ich verkniff mir ein Lächeln. Es war geschehen. Es war genauso geschehen, wie ich es geplant hatte. Walter Harrison hatte sich bis über beide Ohren verliebt, er hatte sich so wahnsinnig verliebt, daß er nicht mehr Herr seiner selbst war. Vielleicht hätte er mir in dieser Stunde sogar leid getan, aber ich fragte ihn: ›Walter, wie ich dir schon sagte, ich weiß nur wenig, sehr wenig von ihr. Was, wenn sie schon verheiratet ist?‹

Er beantwortete meine Frage nur mit einer häßlichen Grimasse. ›Dann wird sie sich eben scheiden lassen, und wenn ich den Kerl zu Hackfleisch machen muß. Ich räume alles aus dem Weg, was sich mir entgegenstellt, Duncan. Ich will sie haben, und wenn's das Letzte ist, was ich tue.‹

Er verschwand mit langen Schritten in sein Zimmer. Später hörte ich seinen Wagen davonbrausen. Da lachte ich laut und lange.

Ich fuhr nach New York zurück, und nach einer Woche berichteten mir meine Gewährsleute von Walters ergebnisloser Suche. Er hatte alle Hebel in Bewegung gesetzt, aber er hatte das Mädchen nicht ausfindig machen können. Ich ließ ihm sieben Tage Zeit, genau sieben Tage. Sie müssen wissen, der siebte Tag war der Jahrestag des Datums, an dem ich ihn Adrienne vorgestellt hatte. Ich werde das nie vergessen. Und wo Walter jetzt auch sein mag, er wird es ebenfalls nie vergessen.

Als ich ihn anrief, überraschte mich die Veränderung in seiner Stimme. Er schien matt und verzweifelt zu sein. Wir tauschten die üblichen Floskeln aus, dann sagte ich: ›Walter, hast du schon von Evelyn gehört?‹

Es dauerte lange, bis er antwortete. ›Nein, sie ist wie vom Erdboden verschwunden.‹

›Oh, das möchte ich nicht sagen‹, meinte ich.

Er begriff nicht gleich, so hoffnungslos schien es ihm schon. ›Willst du damit sagen, du weißt, wo sie ist?‹

›Genau.‹

›Wo? Bitte, Dunc, wo ist sie?‹ Binnen einer Sekunde war er wieder lebendig und unternehmungslustig. Er platzte fast vor Tatendurst und Energie und bedrängte mich mit Fragen.

Ich lachte und meinte, er solle mich doch erst zu Wort kommen lassen. Ein unheilschwangeres Schweigen folgte. ›Sie wohnt gar nicht weit von hier, Walter, in einem kleinen Hotel gleich hinter der Fifth Avenue.‹ Ich gab ihm die Adresse und hatte kaum das letzte Wort gesprochen, da schmetterte er den Hörer auf.«

Duncan hielt inne und leerte sein Glas, dann starrte er hinein, als plagten ihn Gewissensbisse. Der Inspektor räusperte sich, und seine Neugier drängte ihn zu fragen: »Und hat er sie gefunden?«

»O ja, er hat sie gefunden. Er ist direkt zu ihr hineingeplatzt, wollte auf niemand von ihren Bediensteten hören, denn er hoffte wohl, sie sozusagen im Sturm für sich zu gewinnen.«

Der Inspektor rutschte nervös im Sessel hin und her. »Na, dann erzählen Sie doch weiter.«

Duncan winkte dem Kellner und hob das Glas. Der Inspektor folgte seinem Beispiel. Duncan lächelte schief. »Als sie ihn erblickte, lachte sie und winkte. Walter Harrison starb eine Stunde danach. Er stürzte sich aus einem Fenster ihres Hotels.«

Der Inspektor hielt es nicht mehr aus. Er beugte sich vor,

und seine Stirn bestand nur noch aus Falten. »Aber was ist passiert? Wer war sie denn? Verdammt noch mal, Duncan...«

Duncan holte tief Luft, dann leerte er sein Glas mit einem Zug. »Evelyn Vaughn ist unheilbar schwachsinnig«, sagte er. »Sie ist schön wie eine Göttin und steht geistig auf der Stufe eines zweijährigen Kindes. Man sorgt sehr für ihr Äußeres und kleidet sie auch sehr sorgfältig, damit sie nicht von Gaffern angestarrt wird. Aber das einzige, was sie je gelernt hat, ist, jemand zum Abschied nachzuwinken...«

WO AAS IST

Eine betagte Rangierlok zog die beiden Waggons von der Schnellzugstation Richfield über das zwölf Meilen lange Gleis zum Lake Rappaho. Eigentlich hätte die Fahrt ganz lustig sein können, in diesen Waggons aus Großvaters Zeit, aber aus verschiedenen Gründen war sie eine Zumutung. Kohlenstaub hatte alles eingenebelt, hatte sich wie Sand in die Plüschpolster gefressen und schwebte in der Luft, daß man ihn schmecken konnte. Seit zwei Monaten war der Sommer vorüber, draußen strich kanadische Kaltluft über die Berge und durch die Täler. Der Wagen war nicht geheizt.

Normalerweise hätte mir es nichts ausgemacht, aber durch die feuchtkalte Luft schmerzte meine ganze Seite wieder unter dem Verband, und ich hieß mich einen Dummkopf, weil ich auf den Arzt gehört hatte: daß ich mir vollkommene Ruhe gönnen müsse. Schließlich hätte ich mich in New York genauso gut erholen können, aber statt dessen glaubte ich die Masche mit der guten Landluft und folgte seinem Rat, hier Genesungsurlaub zu machen.

Lake Rappaho war die Endstation. Ein einsamer Postsack mit wenig Inhalt und ein halbes Dutzend Pakete wurden aus dem Gepäckwagen entladen, als ich aus dem letzten Wagen kletterte.

Gegenüber vom Bahnsteig stand ein leerer alter Chevvy, auf dessen Tür mit der Hand TAXI geschrieben war. Den Fahrer entdeckte ich schließlich auch. Er und der alte Stationsvorsteher starrten mich an, als sei ich soeben vom Mond gefallen. Aber so geht einem das in den Bergen. Wenn man nach der Saison dorthin kommt, wird man bestaunt wie ein Wundertier.

Ich deutete mit dem Daumen aufs Taxi, nahm meine alte

Reisetasche und die Rohrpoströhre, in der ich meine zerlegbare Angel aufbewahre, marschierte hinüber zum Wagen, verstaute das Gepäck auf dem Rücksitz und setzte mich zur Fahrt nach Pinewood auf den Beifahrerplatz. Es dauerte fünf Minuten, bis der Chauffeur aus dem Bahnhof kam.

Er öffnete die Tür. »Tag. Wollen Sie nach Pinewood?«

»Kann man denn woandershin?«

Er schüttelte den Kopf. »Unter fünfzig Meilen kaum.«

»Dann also auf nach Pinewood.«

Er klemmte sich hinters Steuer und ließ den Motor an. Während er rückwärts ums Bahnhofsgebäude stieß, tat er so, als sehe er meine Sachen erst jetzt. »Wollen Sie angeln?«

»Vielleicht.«

»Jetzt kann man nicht angeln, verstehen Sie? Es ist die falsche Jahreszeit.«

»Die Schonzeit hat aber noch nicht begonnen, oder?«

Er nickte. »Erst nächsten Monat. Aber es gibt keine Fische.«

»Halten Sie den Mund«, sagte ich.

Nach Pinewood waren es vier Meilen, und er sprach kein Wort mehr; aber seine Hände am Lenkrad waren bis zur Ankunft weiß verkrampft.

Pinewood hat 2500 Einwohner. Es liegt dort, wo sich das Tal am einen Ende des Lake Rappaho weitet, ist anderthalb Meilen lang und vier Straßenzüge breit. Die Ferienhäuser und Pensionen am Ortsrand waren längst geschlossen, und der kaum nennenswerte Betrieb wickelte sich an der Hauptstraße ab.

Das *Hotel Pines* stand an einer Ecke, ein dreistöckiges weißes Holzhaus, dessen Veranda die ganze Breite des Bürgersteigs überdeckte.

Ich bezahlte den Taxichauffeur, nahm mein Gepäck und ging rein.

Die beiden langen Kerls an der Tür warteten, bis ich zum Empfang marschiert war. Dann kamen sie hinterher und guckten zu, während ich mich eintrug. Der Dickere nahm meine Karte, die an der Tasche hing, und betrachtete sie.

»Mister Kelly Smith, New York City«, sagte er. »Ist aber keine genaue Adresse für so 'ne große Stadt.«

»Stimmt.« Der Portier stand hinter seiner Theke auf und lächelte recht gezwungen.

»Ich bleibe zwei Wochen«, erklärte ich ihm. »Ich möchte ein Zimmer im obersten Stock, nicht sonnig, und berechnen Sie's im voraus.« Ich schob ihm einen Hunderter hinüber und wartete.

»Wenn man Sie zum Beispiel in New York finden möchte...« fing der Dicke an.

Ich riß ihm die Karte aus den Fingern. »Dann sieht man im Telefonbuch nach, da stehe ich drin«, sagte ich. Ich spürte, wie mein Blutdruck wieder anstieg.

»Smith ist aber ein recht häufiger Name...«

»Ich bin der einzige Kelly Smith.«

Er versuchte mich mit seinem Blick einzuschüchtern, und als ihm das mißlang, griff er nach meinem Hunderter und beäugte ihn kritisch. »So einen hab' ich schon lang' nicht mehr zu Gesicht gekriegt.«

Ich nahm ihm auch den Schein ab. »Wenn Sie so weitermachen, kriegen Sie auch nie einen«, sagte ich.

Der Portier lächelte mit Angst in den Augen, nahm die Banknote und gab mir sechzehn Dollar heraus. Er reichte mir einen Zimmerschlüssel. »219, an der Ecke.«

Der Dicke tippte mir auf die Schulter. »Sie sind ziemlich grün.«

Ich grinste ihn an. »Und Sie sind ein schlechter Polizist. Nun lassen Sie mich gefälligst in Frieden, oder vernehmen Sie mich, wie sich das gehört. Wenn Sie Spaß dran haben, komme ich gern mal in Ihrem Büro vorbei und gebe Ihnen meine kompletten Personalien, dann können Sie mir auch die Fingerabdrücke nehmen und so viel Stahlnetz spielen, wie Sie Lust haben. Aber erst möchte ich mich ein bißchen herrichten und was essen, wenn's recht ist.«

Er bekam mit einemmal nervöse Lippen. »Das wäre wohl das beste. Machen wir's so, hm?«

»Klar«, sagte ich. »Bis später dann.« Ich sah ihm nach.

Als die Tür hinter ihnen zuschlug, sagte der Portier. »Das waren Captain Cox und sein Sergeant Hal Vance.«

»Gehen sie mit Feriengästen immer so um?«

»Na ja, nein – nein, natürlich nicht.«

»Wie viele sind denn auf dem Revier?«

»Bei der Polizei? Oh – sechs, glaub' ich.«

»Davon sind zwei zuviel. Wenn sie mir noch mal so kommen, werden sie ihr blaues Wunder erleben.«

Hinter mir erklang eine kühle Stimme aus tiefer Kehle. »Ich weiß noch nicht recht, ob ich Sie überhaupt aufnehmen soll.«

Ich sah den Portier an. »Feines Haus, das Sie hier führen. Wer ist denn das schon wieder?«

»Die Besitzerin.« Er wies mit einem Kopfnicken auf ein Schild. INH. MISS DARI DAHL stand darauf.

Sie war hübsch groß geraten, mit bestechender Oberweite und reizend anzuschauen; das sonnengebleichte Haar hing ihr lose auf die breiten Schultern, die Haut war zart, doch braungebrannt.

»Sie haben keine andere Wahl, Herzchen. Ich besitze eine Quittung über zwei Wochen Miete. Und nun dürfen Sie lächeln. So was Nettes wie Sie sollte eigentlich immer lächeln.«

Sie lächelte. Sehr hübsch. Ihre Lippen kräuselten sich einladend, und sie schwebte mit wiegenden Hüften auf mich zu. Nur ihre Augen lächelten nicht mit. »Von mir aus können Sie tot umfallen, Sie Wicht«, sagte sie und rauschte an mir vorüber.

Ihr Name kam mir bekannt vor. Der Portier gab mir Auskunft. »Ihre Schwester hat sich letztes Jahr in New York umgebracht. Flori Dahl. Sie sprang im New-Century-Building aus einem Fenster.«

Da fiel es mir wieder ein. Es hatte dicke Schlagzeilen gegeben, weil sie auf einem parkenden UN-Wagen landete und ums Haar dabei einen europäischen Gesandten erschlagen hätte, der gerade mit einem stadtbekannten Callgirl wegfahren wollte.

»Hart«, sagte ich. »Aber daß sie deswegen heute noch so verbittert ist...«

In Whites Restaurant aß ich zu Abend. Ich setzte mich an einen Tisch in der Ecke, von wo aus ich die Einheimischen beobachten konnte, die sich vorn an der Theke versammelten. Zum Essen kamen nur ein paar ältere Ehepaare, und als sie gingen, war ich allein. Aber alle wußten, wo ich saß. Sie schielten oft genug zu mir herüber. Nicht offen und freundlich, eher verängstigt und mit geheimer Wut.

Die Kellnerin kam mit der Rechnung. Leise sagte ich: »Süße, was, zum Henker, ist denn mit dieser Stadt los?«

Auch sie hatte Angst. »Sir?« war alles, was sie herausbrachte.

Um acht kamen Captain Cox und Sergeant Vance herein und taten, als schenkten sie mir keinerlei Aufmerksamkeit. Eine Viertelstunde später erschien Dari Dahl. Als sie mich erblickte, zog sich ein Schleier der Verachtung über ihre Augen, und damit hatte es sich.

Ich wollte schon gehen, als sich die Tür wiederum öffnete. Man fühlte, wie sich das Klima abkühlte. Das Gerede verstummte. Die beiden Männer in Tweedjacken schlossen die Tür hinter sich und schlenderten betont lässig zur Theke. Die Kleidung war echt ländlich, aber ihre Träger waren es nicht, sie gehörten nicht hierher. Der eine war Nat Paley, und den größeren nannte man Lennie Weaver, wenn man mit ihm einig bleiben wollte. Wenn man allerdings auf ein schnelles Ende aus war, dann nannte man ihn bei seinem Spitznamen, den ihm Margie Provetsky vor Jahren gegeben hatte: Schweinsnase.

Ich spürte, wie es mir in den Fingern zu jucken begann, und wollte schmunzeln; aber fürs erste verkniff ich es mir. Ich schob meinen Stuhl zurück – und weiter kam ich nicht. Der kleine Kerl, der hereinstürmte, war nicht älter als zwanzig, aber er hatte eine leere Milchflasche in der Hand, ging auf Paley und Weaver zu und bedachte sie mit einer Kette von Flüchen.

Sein Fehler war, daß er zuviel redete. Er wollte erst seinen Zorn herausbrüllen, ehe er angriff. Lenny zog ihm urplötzlich den Handrücken durchs Gesicht, während Nat ihn packte, ihm die Flasche abnahm und ihn zu Boden schlug.

Er war nicht verletzt, aber er war dermaßen außer sich, daß er nur noch heulen konnte. Seine Züge waren vor Wut entstellt.

Lennie knurrte und ergriff sein Glas. »Bist du verrückt, Junge?«

»Du dreckiger Schuft!« Die Worte wurden nur gemurmelt. »Du bist dran schuld, daß sie für ihn arbeitet.«

»Mach, daß du rauskommst, Junge.«

»Sie braucht da oben nicht zu arbeiten. Sie hatte ja eine Stelle. Aber du hast ihr das viele Geld gezeigt, nicht wahr? Deshalb hat sie sich breitschlagen lassen. Ihr Schufte! Ihr dreckigen Schufte!«

Als Nat nach ihm trat, blieb der Junge liegen. Er übergab sich und rang nach Luft. Niemand rührte sich – bis auf Dari. Sie drehte ihn auf den Bauch, hielt seinen Kopf, bis sein Stöhnen leiser wurde und er die Augen aufschlug.

Sie blickte wild um sich und sagte: »Sonny hat recht. Ihr seid dreckige Schufte.«

»Wollen Sie auch 'nen Tritt, Lady?« fragte Lennie.

Eine Sekunde lang war's mucksmäuschenstill, dann sagte ich: »Versuch's doch mal, Schweinsnase.«

Er wirbelte herum, und mein Schuh traf ihn mittschiffs. Während er noch mit seinem tonlosen Schrei beschäftigt war, packte ich Nat an den Haaren und schmetterte seinen Kopf gegen die Theke. Er brüllte auf, schlug zu und traf den Verband auf meinen Rippen, daß mir weich in den Knien wurde. Aber zu weiteren Treffern kam er nicht. Ich ließ ihn als schlaffes Bündel neben seinen Kumpan fallen.

Dann lächelte ich Dari an, ging an den beiden Polizisten vorbei und sagte so laut, daß es jeder hören konnte: »Eine wirklich feine Stadt habt ihr hier, Freunde.« Dann ging ich hinaus, weil mir übel wurde.

Das Fenster stand offen, ich konnte meinen Atemhauch sehen – und trotzdem war ich in Schweiß gebadet. Als es an der Tür klopfte, sagte ich automatisch »Herein«, es war mir gleichgültig, wer's sein mochte. Meine Seite brannte wie ein riesiger Feuerball, und es dauerte bestimmt noch eine Stunde, ehe die Pillen wirkten.

Aus ihrer Stimme war keinerlei Sympathie herauszuhören. Die Abneigung war noch vorhanden, nur wurde sie jetzt von Neugier überdeckt. Wie sie da stand in dem enganliegenden Kleid, erinnerte sie mich an Bilder, die ich von Amazonen gesehen hatte. Sie hätte eine gute Amazone abgegeben, besonders ohne das Kleid.

»Sonny bat mich, Ihnen zu danken.«

Es kostete mich Mühe, in normalem Ton zu sprechen. »Nicht der Rede wert.«

»Wissen Sie eigentlich, was Sie da tun?« Sie hielt inne. »Was suchen Sie in Pinewood?«

»Ich mache Urlaub, Mädchen. Zwei Wochen. Ich hab's nötig. Wollen Sie mir jetzt einen Gefallen tun?« Ich schloß die Augen, denn meine Rippen fingen wieder zu brennen an.

»Ja?«

»Dort in meiner Tasche – im Seitenfach ist eine Flasche mit Kapseln. Bitte…«

Ich hörte den Reißverschluß, dann hielt sie die Luft an. Die Pistole, die sie im falschen Seitenfach gefunden hatte, fiel zu Boden. Dann stand sie wieder vor mir. Sie hielt die Flasche in der Hand.

»Sie sind so ein verdammter Süchtiger, nicht wahr? So wie Sie sehen die Brüder immer aus, wenn sie ihre Spritze nicht kriegen. Sie werden krank, schwitzen und haben Schüttelfrost.« Sie füllte die Kapseln zurück in die Flasche und schraubte sie zu. »Ihre Schau im Restaurant war ekelhaft. Jetzt sehen Sie zu, wie Sie damit fertig werden.« Mit einer raschen Handbewegung schleuderte sie die Flasche zum Fenster hinaus, und ich hörte sie auf der Straße zerschellen.

»Ein Stück Dreck«, sagte sie und ging hinaus.

Es war drei am Nachmittag, als ich erwachte. Keuchend lag ich da, wartete, bis die plötzliche Übelkeit in meinem Magen verebbte. Dann stand ich auf und zog mich aus. Ein leichter, eintöniger Regen trommelte sanft gegen die Fenster.

Das heiße Bad war wie ein neues Leben.

Die .45er lag noch am Boden, wo Dari Dahl sie fallen gelassen hatte, ich angelte mit den Zehen danach, hob sie auf und steckte sie in mein ledernes Rasieretui.

So oft ich an diese verrückte Puppe dachte, wie sie die Flasche aus dem Fenster gefeuert hatte, hätte ich sie am liebsten erschlagen. Aber davon bekam ich freilich meine Kapseln nicht zurück. Ich hatte vielleicht noch zwei Stunden Zeit, dann würde ich sie sehr nötig haben. Sehr, sehr nötig. Ich stopfte fünfzig Dollar in die Tasche und ging nach unten.

Unter meinem Fenster fand ich die Scherben der Flasche. Die Kapseln hatte der Regen längst aufgeweicht und weggeschwemmt.

Ich zuckte die Schultern, suchte den Drugstore und reichte mein Privatrezept über die Ladentheke. Der Verkäufer blickte drauf, sah mich scharf an und meinte: »Das dauert eine Stunde.«

»Ja, ich weiß. Ich hol's mir ab.«

Ich nahm Kurs aufs Restaurant. Obwohl in den Schaufenstern Licht brannte und die Ampel an der Kreuzung unablässig blinkte, waren weder Leute noch Autos zu sehen. Ich kam mir vor wie in einer Geisterstadt.

Das Restaurant war leer. Die Serviererin erkannte mich wieder, lächelte eigenartig, nahm meine Bestellung entgegen und eilte in die Küche. Der Zapfer kam quer durchs Lokal auf mich zu.

Er war schon grau und Ende Vierzig, ein bißchen mager, mit tiefliegenden müden Augen. »Hören Sie, Mister«, sagte er. »Ich will hier drin keinen Krawall.«

Ich lehnte mich zurück. »Wissen Sie, wer die beiden Vögel waren?«

Er nickte. »Wir bereinigen das auf unsere Art.«

»Dann fangen Sie damit an, indem Sie mir aus dem Weg gehen, mein Freund«, belehrte ich ihn. »Ich weiß zwar nicht, warum und wieso diese Brüder hier sind, aber sie zählen zu jener Sorte schwerer Jungen, mit denen Leute wie Sie nicht fertig werden. Also, seien Sie für 'ne kleine Hilfe gefälligst dankbar.«

Er verstand kein Wort, und man sah's ihm an. Er warf einen Blick auf die fernen Umrisse der Berge. »Gehören Sie vielleicht — auf den Berg?«

»Kamerad, ich hab' keine Ahnung, wovon Sie reden. Aber ich glaube, bei euch allen ist ein Schräubchen locker. Ich halte diesem armen Teufel die Strolche vom Hals, während Sie, die Polizei und alle anderen nur zuschauen, und kriege deswegen noch Vorwürfe gemacht. Ich begreif's weiß Gott nicht.«

Die Tür flog auf, und Sergeant Vance kam herein. Er schlenderte an meinen Tisch und warf ein Blatt Papier auf die Platte. Es war mein Rezept.

»Das ist Rauschgift, Mister. Ich finde, Sie sollten sich dafür eine verdammt gute Erklärung ausdenken.«

Ich stand ganz langsam auf. Vance war ein großer Kerl, aber er sah kein Zentimeterchen auf mich herab. Er hatte ein gemeines Gesicht, aber er hatte auch Angst wie all die andern, und seine Hand zuckte nach dem Knauf seines Dienstrevolvers.

»Okay, Sie Clown«, sagte ich, »ich gebe Ihnen eine Erklärung, und wenn Sie dann noch Fragen haben, dann stopfe ich Ihnen Ihr Schießeisen in den Hals. Das ist auch ein ordnungsgemäßes Rezept, und wenn Sie's nachprüfen wollen, dann tun Sie das bei dem Arzt, der es ausgestellt hat. Wenn es gefälscht ist, kommen Sie wieder zu mir. Dazwischen haben Sie ein paar Formalitäten zu erledigen, die schwarz auf weiß in Ihrer Dienstanweisung nachzulesen sind. Und nun tragen Sie das Rezept dorthin, wo Sie's herhaben, und sehen Sie zu, daß es erledigt wird – oder Sie können verdammt bald Ihren eigenen Haftbefehl lesen.«

Er verstand mich haargenau. Einen Augenblick lang dachte ich, ich müsse ihm das Schießeisen abnehmen, aber er schaltete doch noch rechtzeitig. Er ging so schnell hinaus, wie er reingekommen war.

Das war wahrhaftig ein feiner Urlaub!

Willie Elkins, Besitzer einer Garage, war bereit, mir für fünfzehn Dollar pro Woche seinen Lieferwagen zu vermieten. Es war ein recht verwahrloster Karren, aber mir genügte er. Er beschrieb mir, wie ich zum alten Mort Steiger gelangte, der Boote vermietete. Der Alte ließ mich eins aussuchen, dann schüttelte er den Kopf und grinste, so gut das mit seinem zerbrochenen Gebiß zu machen war. »Sie sind kein Angler, nicht wahr?«

»Nein. Manchmal hab' ich's schon versucht, aber ein richtiger Angler bin ich nicht.«

Er überlegte und betrachtete mich wachsam. »Gehören Sie auf den Berg?«

»Was hat eigentlich dieses Gerede vom ›Berg‹ zu bedeuten? Wer wohnt denn auf welchem Berg?«

Er zögerte einen Augenblick, nagte an den Lippen. »Soll das

'n Witz sein? Nee, wahrscheinlich nicht.« Er zeigte mit einem gichtigen Finger über meine Schulter. »Dort hinter dem Bergrücken liegt's, ein großes Anwesen. Von hier aus kann man's nicht sehen, aber das Haus hat 'ne Privatstraße, die bis zum See führt, alles eingezäunt natürlich. Das ganze Anwesen ist eingezäunt. Sie kommen weder rein noch raus, wenn Sie's nicht sollen.«

»Und wer erlaubt's einem?«

»Die Leute aus der Stadt. Das Anwesen gehört Mr. Simpson. Fabrikant oder so was. Hab' ihn noch nie gesehen. Er läßt sich überhaupt nie blicken.«

Ich knurrte. »Scheint so. Dafür hat er eine ganze Kompanie Strolche, die alles für ihn erledigen. Zwei davon habe ich gestern abend kennengelernt. Mußte sie 'n bißchen zur Ordnung rufen.«

Sein Schmunzeln wurde breiter. »Sie sind das also. Willie hat mir davon erzählt. Kann Sie aber teuer zu stehen kommen, wenn Sie nicht aufpassen.«

»Mit diesen billigen Schlägern werd' ich schon fertig, Pop. Ich frage mich nur, wenn Simpson so ein feiner reicher Mann ist, wieso beschäftigt er dann solche Kerle?«

»Vielleicht könnte ich's Ihnen sagen.«

Ich wartete.

»Dieser Simpson war vor langer Zeit mal ein großes Aas. Er hat Schnaps geschmuggelt und so, dann wurde er ein rechtschaffener Bürger, wie man so sagt. Er hatte sehr viel Geld, also fing er eine Firma an. Ein paarmal im Jahr kommt er her, erledigt irgendwelche Geschäfte, und dann verschwindet er wieder.«

»Die ganze Stadt hat Angst vor ihm, Pop. Scheinen ziemlich zwielichtige Geschäfte zu sein.«

Seine Blicke suchten den Boden ab. »Nicht wegen seiner Geschäfte.«

»Weswegen sonst?«

»Der Mädchen wegen. Er läßt sich aus Pinewood Mädchen kommen.«

»Der Ort scheint groß genug zu sein, daß ein paar leichte Mädchen sich ihr Geld verdienen können.«

»Mister, Sie wissen ja nicht, wie das auf dem Land ist. Wenn der Sommer zu Ende geht, wandern die Mädchen ab, die Sie meinen. Er holt sich die anderen.«

»Nun hören Sie mal, ein Mann wie der braucht doch nicht...«

Er unterbrach mich mit einer Handbewegung. »Sie haben mich falsch verstanden. Er stellt sie ein.«

»Na, und was ist dabei faul?«

»Sie gehen rauf, die Mädchen, sicher, aber wenn sie zurückkommen, sind sie – nicht mehr so wie früher. Rita Moffet und die Älteste von Spencers sind nach Sunbar verzogen. Bob Rayburns einzige Tochter wollte mit niemand reden, und letztes Jahr mußte man sie ins Irrenhaus schaffen. Sie redet noch immer mit keinem Menschen. Flori Dahl und Ruth Gleason gingen nach New York. Flori ist dort umgekommen, und von Ruth hat man seit Monaten nichts mehr gehört.«

»Schöne Geschichten.«

»Das ist längst nicht alles. Ein paar wohnen noch hier, und sooft Simpson mit seinen Kumpanen kommt, gehen sie rauf. Als ob's ihnen Spaß machte. Er bezahlt sie großzügig, das können Sie mir schon glauben. Was die sich leisten können, und alles aus New York.«

»Und keine beschwert oder beklagt sich?«

Der alte Mann runzelte die Stirn. »Das ist das komische bei der Sache. Keine sagt ein Sterbenswörtchen.«

Ich stand auf und reckte mich. »Wissen Sie, was ich glaube? Dieser Simpson stopft sie mit Geld voll, zum erstenmal im Leben kriegen sie einen Schimmer, wie die feinen Leute leben. Das wollen sie dann auch mal probieren. Also ziehen sie weg. Die alte Geschichte. Die andern wollen nicht von zu Hause weg, aber das Geld scheffeln wollen sie auch weiterhin. Was meinen Sie?«

»Er läßt seltsame Leute für sich arbeiten. Sie bringen Unruhe in die Stadt, Mister.«

»Okay, er leistet sich bezahlte Schläger. Ich kenne angesehene Geschäftsleute, die tun das auch.«

Steiger dachte nach. »Vielleicht, aber haben Sie je im Leben schon mal so 'ne verängstigte Stadt gesehen, Mister?«

Es hatte zu regnen aufgehört. Ich zog meine Jacke zu und stülpte den Hut auf. Mort Steiger beobachtete mich genau.

Schließlich meinte er: »Sie sind auch 'ne komische Nummer, Mister.«

»So?«

»Sie haben so 'nen glasharten Blick. Sie sind groß und können ziemlich gemein gucken. Wollen Sie mir mal die Wahrheit sagen?«

Ich öffnete die Tür des Lieferwagens und sagte über die Schulter: »Natürlich sag' ich Ihnen die Wahrheit, Pop.«

»Haben Sie schon mal jemand umgebracht?«

Ich schlug die Tür zu und sah ihn an. Er meinte das völlig im Ernst. Schließlich nickte ich. »Ja. Sechs Menschen.«

»Ich meine nicht im Krieg, mein Sohn.«

»Ich auch nicht.«

»Wie haben Sie's gemacht?«

»Ich hab' sie erschossen«, sagte ich und ließ die Kupplung kommen.

Der Drogist hatte mein Rezept angefertigt und gab es mir, ohne ein Wort zu sagen. Ich wußte, daß er bei dem Arzt angerufen hatte, von dem es stammte — und auch anderswo. Ich bestellte ein Coke, schluckte zwei von den Kapseln und steckte die restlichen ein.

Es regnete schon wieder, und laut Wetterbericht würde es noch ein paar Tage so weitergehen. Dann mußte ich also im Regen angeln. Am besten nahm ich mir genug zu rauchen und ein paar Sandwiches mit, ankerte mitten auf dem See und spannte einen Schirm auf.

Ich ging hinaus und warf im Geiste eine Münze hoch, um auszuknobeln, wo ich essen sollte. Die Kaffeestube des Hotels gewann, und ich stieg in mein Auto. An der Ecke leuchtete die Ampel rot, ich hielt. In diesem Augenblick bog ein neuer schwarzer Caddy mit New Yorker Kennzeichen um die Ecke, und ich erhaschte einen flüchtigen Blick auf den Fahrer.

Sein Name war Benny Quick, er hatte schon zweimal in Sing-Sing gesessen, wegen Kapitalverbrechen. Angeblich betrieb er zur Zeit eine Chemische Reinigung in Miami. Neben ihm und hinten saßen auch noch Männer, aber ich konnte sie nicht erkennen.

Ich fuhr einen U-Bogen, überholte die Limousine, bog zwei Straßen weiter nach rechts ab und ließ den Caddy hinter mir vorbei. Dabei notierte ich mir seine Nummer. Ein Freund in New York würde das Weitere besorgen.

Ich konnte mir nicht denken, was Benny Quick hier oben wollte, aber ich verbrachte eben mein ganzes Leben damit, neugierig und mißtrauisch zu sein, und das war mir schon zu sehr Gewohnheit geworden, als daß ein Urlaub mich davon abbringen konnte.

Im *Hotel Pines* leisteten mir ein halbes Dutzend Teenager in der Kaffeestube Gesellschaft, sie tranken Kaffee und fütterten die Musikbox. Niemand von ihnen beachtete mich. Die Chefin knallte die Speisekarte vor mir auf den Tisch.

Ich blickte auf und meinte: »Sie sollten öfter lächeln, Miss Dahl.«

»Nicht für Sie, Mr. Smith.«

»Nennen Sie mich ruhig Kelly.«

Sie tat, als sei ich Luft, und wartete. Ich bestellte und vertrieb mir die Wartezeit mit einer Zeitung.

Dari Dahl erschien, feuerte mir die Cheeseburgers fast an den Kopf und stellte die Kaffeetasse so knallhart hin, daß der Kaffee überschwappte. »Gehen Sie und holen Sie mir eine neue Tasse«, sagte ich.

»Was?«

»Verdammt noch mal, Sie haben's genau verstanden. Langsam reicht es mir jetzt. Von mir aus mögen Sie so sauer sein, wie Sie wollen, Baby, aber mich behandeln Sie gefälligst wie einen anständigen Gast – oder ich schmeiße den Teller geradewegs durchs Schaufenster. Diese Stadt ist mir schon genug auf die Nerven gegangen, jetzt ist Schluß damit. Und nun setzen Sie Ihre alten Füße in Bewegung, holen Sie mir frischen Kaffee, und servieren Sie ihn richtig.«

Als der neue Kaffee kam, stellte sie ihn langsam und vorsichtig hin. »Setzen Sie sich«, sagte ich.

Sie zögerte. »Mr. Smith...«

Aber als ich hochschaute und sie mein Gesicht sah, wurde sie bleich und zog rasch einen Stuhl unterm Tisch hervor.

Dari Dahl war eine prächtige Frau, auch wenn sie Angst

hatte. Der enge Nylonkittel verriet den knappen Schnitt ihrer Unterwäsche.

»Ich hab' von Ihrer Schwester gehört«, sagte ich.

»Bitte, wir wollen nicht darüber sprechen.«

»Mein liebes Kind, ich könnte woanders ganz leicht erfahren, was ich wissen will. Ich kann mich sogar schwach an die Einzelheiten erinnern. Eine alte Zeitung würde mir den Rest verraten. Und jeder in der Stadt würde gern drüber schwatzen.«

Die Härte kehrte in ihr Gesicht zurück, die Lippen wurden zu einem schmalen Strich. »Sie müssen mich richtig verstehen. Meine Schwester war süchtig, und als sie nicht mehr bekam, was sie brauchte, brachte sie sich um. Sie werden wahrscheinlich genauso enden.«

»Meinen Sie?«

»Ihr sogenanntes ordnungsgemäßes Rezept wird Sie in unsrem Drugstore nicht lange über Wasser halten. Meine Schwester hat auch eine Zeitlang gestohlene oder gefälschte Rezepte verwandt. Als sie alle waren, sprang sie aus dem Fenster.« Sie hielt inne, ihre Augen blitzten. »Sagen Sie, Mr. Smith, sind Sie hergekommen, weil Ihnen sonst kein Apotheker mehr was auf Ihr Rezept gibt? Ist das der Grund?«

Langsam trank ich meinen Kaffee aus. »Bei Ihnen ist wirklich ein Schräubchen locker, mein Kind. Oder mehrere.«

Sie ging weg, langaufgeschossen, kühl, ein aufreizendes, kurvengesegnetes Wesen, so prachtvoll, wie eine Frau es nur sein kann – und alles für die Katz.

Ich ließ anderthalb Dollar neben meinem Teller liegen, stieg hinauf, duschte und zog einen Anzug an. Ich wollte noch mal an die frische Luft. Vielleicht gab's ein Kino oder eine vernünftige Bar.

Ich griff nach dem Telefonhörer, aber da fiel mir der Portier ein. Also telefonierte ich in der Halle, wo ich ihn im Auge behalten konnte. Ich gab der Vermittlung eine New Yorker Nummer und wartete.

Als der Teilnehmer sich meldete, sagte ich: »Artie?«

»Ja, hallo, Kelly, wie geht's denn so?«

Fünf Minuten lang schwatzten wir dummes Zeug und ließen genug unfeine Worte einfließen, damit eine möglicherweise neugierige Telefonistin schleunigst errötend auflegen sollte. Dann sagte ich: »Prüf mal für mich eine Nummer nach, mein Junge, und dann besorg mir alles über den Wagenbesitzer. Zweitens will ich alles über Benny Quick wissen. Angeblich soll er doch in Miami wohnen.« Ich gab ihm die Nummer durch, redete noch ein bißchen und legte auf.

Es regnete schon wieder, diesmal sogar stärker. Ich sah mich um, entdeckte ein paar Lichter, grinste und marschierte auf sie los.

Wie die Laternchen an gewissen Häusern rot sind, haben die Lampen vor der Tür der Polizei grün, altmodisch und voller Fliegendreck zu sein. Wenn man sie sieht, weiß man schon, wie's drin riecht: nach nasser Wolle, Zigarren und Schweiß. Nach Holz und eingeöltem Staub, nach kaltem Kaffee und altem muffigem Zeug. Über allem lagert noch ein anderer Geruch, sehr schwach, er besteht aus Angst und Scham und kommt von den Besuchern, die keine Polizisten sind und dort im Wachbuch verewigt werden.

Ich ging hinein, ließ mich von Sergeant Vance anstarren wie von einer Schlange, dann sagte ich: »Wo ist Ihr Captain?«

»Was wollen Sie von ihm?«

Die zwei jungen Streifenbeamten aus der Ecke näherten sich auf sprungbereiten Füßen. Sie wären mir auf ein Wort hin an den Kragen gegangen, da ging eine Tür auf, und Cox sagte: »Laß das sein, Woodie.« Er musterte mich von oben bis unten. »Was wollen Sie?«

Ich grinste ihn an, aber alles andere als freundlich. »Sie wollten doch meine Abdrücke nehmen, wissen Sie nicht mehr? Sie sagten, ich soll mal vorbeikommen.«

Er wurde rot, sein Kinn schob sich vor. Er trat aus dem Türrahmen und betrachtete mich. »Sie scheinen ein Streithammel zu sein, Freundchen. Glauben Sie, wir wüßten nicht, wie man mit Streithammeln umzuspringen hat?«

Ich ließ ihm keine Unklarheit. »Nein, ich glaube nicht, daß Sie mit wirklich harten Burschen umzugehen wissen, Captain. Sie haben nur ein großes Mundwerk und sonst nichts.«

An einem Äderchen auf seiner Stirn konnte man den Puls zählen. Aber er verdaute es besser, als ich's gedacht hatte. Seine

Stimme war scharf, aber beherrscht, als er zu dem Uniformierten hinter mir sagte: »Nimm seine Abdrücke, Woodie.«

Ich nannte Namen und Adresse, mehr nicht. Wenn er mehr über mich wissen wollte, konnte er es nur erfahren, indem er mich festnahm. Ich lächelte rundum, ließ einen Trupp überaus wütender Beamten zurück und trat endlich hinaus an die frische Luft.

Es war neun, zu spät fürs Kino, aber nicht für eine Bar. Ich entdeckte eine, die *Jimmie's* hieß, und in der Jimmie selbst hinter der Theke stand. Ich bestellte ein Bier. Jimmie war ein netter alter Mann und gern zu einem Schwätzchen bereit.

Als wir schließlich auf die Villa Simpsons zu sprechen kamen, verzog er das Gesicht. »Soviel ich weiß, hat noch niemand den Kerl gesehen. Jedenfalls nicht hier in der Stadt.«

»Was ist mit den Mädchen?«

Er nickte. »Aus denen bekommt man nicht viel raus. Sie sagen mal, Simpson sei dick, dann wieder dünn, mal groß und mal klein – na ja, da weiß man schon, was die Uhr geschlagen hat. Sie reden nicht drüber.«

»Aber sie verdienen 'ne Menge Geld, hab' ich gehört.«

»Ja, das stimmt. Bonnie Ann und Grace Shaefer haben sich beide Nerzmäntel gekauft und werfen mit Geld nur so um sich. Helen Allen sieht man alle vier Wochen mit einem neuen Wagen, sie besucht dann schnell mal ihre Eltern. War mal ein nettes Mädchen. Das waren sie übrigens alle – früher.«

»Und beim Geldverdienen hat sich das geändert?«

Jimmie schüttelte den Kopf und zog eine Grimasse. »Nein, aber es sind halt billige Flittchen geworden, niemand hält viel von ihnen, verstehen Sie?«

»Soll das heißen, sie tun da oben nichts weiter als ...«

Sein Schulterzucken konnte viel bedeuten. »Das verraten sie nicht. Ein paar von ihnen erledigen Büroarbeiten, nehmen Anrufe entgegen und so weiter; das weiß man, weil die Telefonistinnen hier schon oft mit ihnen gesprochen haben.«

»Wenn's die Leute so sehr interessiert, warum klopft nicht einfach mal jemand bei Simpson an und fragt ihn?«

Jimmie lachte kurz auf. »Abgesehen davon, daß man schon am Tor abgewiesen wird, wer schlachtet schon einen Goldesel?

Wenn die Brüder oben abhauen, lassen sie ein schönes Stück Geld in der Stadt zurück, was ja bekanntlich nicht stinkt — nach der Saison schon gar nicht. Dann gibt's da noch einen anderen Grund. Der Mann ist ein guter Steuerzahler. Er hat Verbindungen, das haben ein paar Neugierige rausgekriegt. Ein paar andere gingen anderswo schnüffeln — und bekamen die Hucke voll. Zur Polizei geht keiner, wahrscheinlich würde das auch nichts nützen. Cox ist wie eine Katze, die Angst vor der Maus hat. Er würde zwar gern eine auffressen, weil er hungrig ist, aber er rechnet sich wohl aus, daß er dabei draufgehen würde, weil die Maus vergiftet ist.«

Er öffnete mir die nächste Flasche und ging zum anderen Thekenende, um einen neuen Gast zu bedienen. Es war der nervöse Taxifahrer, der anfangs versucht hatte, mich von Pinewood fernzuhalten. Allmählich empfand ich den Wunsch, ich hätte es mir von ihm ausreden lassen

Er bestellte ebenfalls ein Bier, redete übers Wetter, und dann vertraute er Jimmie etwas an. »Hab' jemand gesehen, heute abend. Erst hab' ich sie gar nicht erkannt — aber es war Ruth Gleason.«

Ich füllte mein Glas und tat, als konzentriere ich mich drauf. Ruth Gleason war das Mädchen, von dem Mort Steiger erzählt hatte, sie sei zur gleichen Zeit wie Flori Dahl nach New York gegangen.

»Bist du sicher?« fragte ihn Jimmie.

»Na, ich kenn' sie doch, oder? Sie hat sich allerdings verändert. Hat tolle Sachen an und so weiter, aber im Gesicht sieht sie verdammt alt aus. Und sie wollte nichts mit mir zu tun haben. Sie wandte den Kopf ab, als sie mich sah.«

»Was sie wohl wieder hier will?«

»Wer weiß? Sie ist in diesen blauen Kombi vom Berg gestiegen und weggefahren.« Er schüttelte den Kopf, als Jimmie nach einer zweiten Flasche griff, und ging hinaus.

Jimmie kehrte zurück, wischte sich die Hände an der Schürze ab.

»Mort hat mir von der kleinen Gleason erzählt«, sagte ich unvermittelt.

Er schien sich an meinem harten Ton nicht zu stoßen.

»Nettes Mädchen. Sie war einen ganzen Monat oben. Ließ sich kaum mehr in der Stadt blicken, und wenn, sprach sie mit niemand. Flori und sie verschwanden gleichzeitig. Flori kam gelegentlich noch in die Stadt, und man kann es kaum glauben, wie sie sich verändert hatte.«

»Wie denn?«

Er spreizte die Hände. »Schwer zu beschreiben. Eben verändert. Sie sehen einen nicht an, sprechen kaum ein Wort. Ganz komisch.«

»Hatte denn keins von den Mädchen noch Eltern?«

»Floris Vater lag im Sterben, beide hatten keine Mutter mehr. Ich glaube, Flori hat die Stelle oben angenommen, damit ihr Vater ins Humboldt-Hospital gebracht werden konnte. Man hat ihn dort behandelt, aber er ist bald gestorben. An Krebs.«

»Das ist aber nur ein Fall«, meinte ich.

»Gewiß, aber wer kennt sich bei den jungen Leuten schon aus? Sie tun ja doch, was sie wollen. Sicher, ein paar von den Mädchen hatten Angehörige, aber da oben ist eben viel Geld zu verdienen.«

Er zog den Verschluß von einer neuen Flasche und schob sie mir hin. »Aufs Haus.« Er genehmigte sich auch ein Gläschen, wir stießen stumm an und tranken.

Und dann meinte er: »Es ist besser, wenn Sie in der Stadt nicht soviel davon reden. Das Nest ist manchmal geradezu gespenstisch.«

Ich schmunzelte, zahlte und wünschte ihm eine gute Nacht.

Ein paar Minuten blieb ich unter einem Vordach stehen und sah dem Regen zu, dann schlug ich die Richtung zur Stadtmitte ein. Ich hatte schon die Straße überquert und war fast an der Ecke, als ein großer Imperial heranrauschte und ein paar Häuser vor mir hielt. Instinktiv suchte ich dunklere Schatten auf und ging rascher.

Jemand stieg aus, wandte sich um und half einer Frau heraus. Einen Augenblick standen sie beieinander, und dann hörte ich deutlich ein krampfhaftes Schluchzen.

Ich rannte los, wobei ich eine Hand gegen den Verband preßte, um das Feuer einzudämmen, das da schon wieder loderte. Ich kam zu spät. Sie hörten meine Laufschritte, der Mann vorm Wagen drehte sich blitzschnell um, schlüpfte hinein und schlug die Tür zu. Ruhig und gemächlich fuhr er von dannen, als sei nichts passiert.

Aber ein hübsches junges Mädchen blieb zurück. Es schluchzte hysterisch und wäre zusammengebrochen, hätte ich nicht schnell zugepackt.

Sie war brünett und reizend und hatte einen weißen Trenchcoat an. Die nassen Haare klebten am Hals. Sie wollte mich wegschieben, während sie verzweifelt eine große Handtasche umklammerte und immer wieder stammelte: »Nein – bitte, nein!«

Ich sagte: »Langsam, Mädchen«, und zog sie zu den Verandastufen am nächsten Haus. Als ich sie hingesetzt hatte, versuchte ich ihre Hand zu ergreifen. Da hörte sie auf zu schluchzen, riß die Hand los und nahm die Handtasche auf die andere Seite.

Einen Augenblick lang verebbte die Hysterie, und sie sagte: »Machen Sie, daß Sie wegkommen. Lassen Sie mich in Ruhe!«

»Hören Sie, ich bin...«

»Mir geht's ganz gut«, sagte sie laut. »Machen Sie, daß Sie wegkommen. Lassen Sie mich in Ruhe!«

Danach biß sie die Zähne zusammen und wollte aufstehen. Aber ich saß auf einem Mantelzipfel, und als sie sich erhob, öffnete er sich halb und rutschte ihr von der Schulter.

Über der Gürtellinie trug sie nichts unter dem Mantel, und ich brauchte keine besondere Beleuchtung, um die Striemen und Streifen auf ihrem Körper zu sehen – und die kleinen blutenden Wunden, die ein spitzer scharfer Gegenstand gegraben hatte.

Ich stand auf und zog ihr den Mantel zu. Als sie begriff, daß ich alles gesehen hatte, schloß sie die Augen, stöhnte leise und gottergeben und sank mir in die Arme. Ich ließ sie wieder sanft auf die Stufen gleiten, und dabei ging ihre Handtasche auf. Ein Bündel neuer Banknoten steckte drin, noch von der Banderole zusammengehalten. Eine Zahl war draufgedruckt: 1000.

Plötzlich wurde es hell auf der Veranda, eine Tür öffnete sich, und ein Mann im Bademantel tauchte auf. Seine Frau lugte ihm über die Schulter.

»Sie«, rief er, »was machen Sie denn da?« Sehr energisch klang seine Stimme freilich nicht.

Ich zeigte auf das Mädchen. »Sie ist krank. Bitte, rufen Sie einen Arzt, und zwar schnell, ja?«

»Einen Arzt? Was...«

»Keine langen Reden. Rufen Sie an. Und machen Sie das Licht wieder aus.«

Sie waren heilfroh, daß sie wieder ins Haus gehen durften. Die Lampe verlöschte, dafür wurde drinnen eine angeschaltet. Ich lehnte das Mädchen ans Geländer, schob ihr die Tasche unter den Arm und ging davon.

Ich kam nicht weit. Der Wagen rauschte hinter mir heran, und einer sagte: »Da ist er wieder. Der Kerl, der Lennie und mich im Restaurant angefallen hat.«

Es hatte keinen Sinn davonzulaufen. Ein Dutzend schnelle Schritte und meine Seite wäre durchgeblutet. Ich blieb einfach stehen, und aus diesem Grund ging ihr sorgfältig ausgeheckter Plan schief. Nat Paley und der andere, der mit ihm ausstieg, näherten sich von beiden Seiten, aber dann zögerten sie, wußten nicht, was sie von mir halten sollten.

Nats Hand kam mit einer Pistole aus der Tasche. Die Waffe hob sich, und aus Nats Zügen war zu sehen, daß er Ort und Zeit für passend hielt. Aber jemand anderes war anderer Ansicht, und eine seltsam kalte Stimme aus dem Wagen befahl: »Keinen Lärm.«

Sie griffen zu, ehe ich schreien konnte. Der andere sprang mich von der Seite an, aber ich duckte mich, so daß seine Faust mir nur über den Kopf wischte. Ich trat aus, stach mit den Fingern nach seinen Augen und traf. Er kam nicht dazu, aufzubrüllen, denn er lief genau in meine Rechte.

Aber damit hatte es sich. Nat erwischte mich richtig, es war ein lähmender Hieb hinters Ohr, und als ich danach auf die Knie sank, bearbeitete er mich gnadenlos mit Pistolengriff und Fußspitzen. Ein fürchterlicher Tritt explodierte an meinen Rippen, ich schrie auf und wußte mit absoluter Sicherheit, daß Nat noch einen Tritt im Sinn hatte. Er würde auf den tödlichen Punkt in meinem Nacken gezielt sein. Ich wußte, daß er mir bevorstand, und wartete geradezu auf ihn, alles war mir recht, was die unerträglichen Schmerzen in meiner Seite beenden würde.

Er kam auch, aber ein plötzliches Zucken, das mich vor Schmerz durchlief, ließ ihn sein Ziel verfehlen und an meiner Schulter landen. Nat merkte das allerdings nicht. Ein winziges Eckchen in meinem Verstand, das noch funktionierte, hörte ihn auflachen und zu seinem Kumpan in den Wagen springen.

Mitten in dem wüsten Traum mußte ich husten, versuchte meinen Kopf von den stechenden Salmiakdämpfen abzuwenden, und dann trieb ich in jenes Bewußtsein zurück, von dem ich doch gar nichts mehr wissen wollte.

Jemand hatte mich auf die Stufen transportiert, und ein Gesicht beugte sich ängstlich über meins. Der alte Mann, dem es gehörte, sagte: »Es ist alles in Ordnung. Ich bin Doktor McKeever.«

»Das Mädchen...«, fing ich an.

»Ist in Sicherheit, schon drinnen. Am besten bringen wir Sie jetzt auch hinein.«

»Mir geht's schon wieder leidlich.«

»Was ist denn passiert? War's ein Unfall?«

Ich schüttelte den Kopf, um die Nebel zu verscheuchen. »Nein — eigentlich nicht.«

Als ich den Arm bewegte, schmerzten die Schultermuskeln wilden Protest. Immerhin war wenigstens nichts gebrochen. Ich hatte ja schon manchen Schlag ausgehalten, aber so schlimm war es noch nie gewesen. Unter dem Verband spürte ich warmes Blut, und ich wußte, was da vorging.

»Haben Sie sich das Mädchen angeschaut?« sagte ich.

»Ja.«

»Können Sie sich denken, was passiert ist?«

Er nagte einen Augenblick an den Lippen und nickte. »Ich weiß es.«

»Sie haben so was schon öfter gesehen, nicht wahr?«

Erst wollte er gar nicht antworten, dann sah er mich wieder an. Seine Stimme hatte Kanten. »Ja.«

»Dann tun Sie, was Sie bisher auch getan haben, Doc. Behalten Sie es für sich. Wenn es sich rumspricht, ist das Mädchen hier in der Stadt unten durch.«

»Jemand muß dem aber mal ein Ende setzen«, sagte er.

»Es wird ein Ende gemacht, Doc«, sagte ich. »Verlassen Sie sich drauf.«

Ein paar Falten furchten seine Stirn. Sein Lächeln war hintergründig. »Toxin-anti-Toxin«, sagte er.

»Was?«

»Gift gegen Gift.«

Ich nickte, spuckte aus und sagte: »Versorgen Sie das Mädchen, und dann bringen Sie mich in mein Hotel, bitte.«

Als er weg war, wurde mir wieder übel. Ich mußte unbedingt die Kapseln haben, die ich in meinem Zimmer zurückgelassen hatte. In ein paar Minuten würde es mir schlechter gehen als je zuvor, und wenn ich nicht einen kräftigen Griff in die kleine Flasche tat, dann schnappte ich über.

Ich konnte nicht sagen, wie lange er weggewesen war, aber schließlich kam er mit dem Mädchen heraus. Ein Wagen bog um die Ecke, und er trug dem Fahrer auf, das Mädchen in seine Praxis zu bringen und seiner Frau anzuvertrauen.

Sobald der Wagen davonfuhr, half er mir auf die Beine und in seinen Ford. Am Hotel stieg er aus, hielt mir die Tür auf und nahm den Arm an meiner heilen Seite, um mich hineinzugeleiten.

Dari Dahl stand hinter dem Empfangstisch, trug aber keinen Nylonkittel mehr. Sie hatte einen schwarzen Pullover und ebensolchen Rock an, was jede Kurve an ihr noch hervorhob und ihr gelbes Haar zu einer Art Flutlichtscheinwerfer machte.

Nur kurz huschte Besorgnis über ihr Gesicht, dann nahm es einen seltsam zufriedenen Ausdruck an. Sie kam um den Tisch herum, Fältchen zuckten an ihren Mundwinkeln, als sie sagte: »Ärger gehabt?«

»Was sonst? Geben Sie mir meinen Schlüssel, bitte.«

Sie lächelte, ging zurück, holte den Schlüssel und reichte ihn mir. »Tut's weh, Mr. Smith?«

Wir sahen sie beide fragend an.

»Stimmt es, daß ein Rauschgiftsüchtiger bei dem Versuch,

sich das Zeug abzugewöhnen, sich fast zu Tode quält, ehe er's dann doch wieder nimmt?«

»Wovon reden Sie, Dari?« sagte Dr. McKeever.

»Fragen Sie doch ihn.« Sie lächelte honigsüß.

»Sie spinnt, Doc. Kommen Sie.«

Wir gingen zur Treppe, stiegen ein paar Stufen hoch, da rief sie uns nach. »Mr. Smith...«

Ich blieb stehen, weil ich wußte, daß jetzt der Knalleffekt kam.

»Ganz versehentlich habe ich eine Flasche mit Kapseln fallen lassen, als ich Ihr Zimmer geputzt habe. Sie sind in die Toilette gefallen.« Sie hielt inne, ließ die Nachricht einwirken, und dann fügte sie hinzu: »Mit einigen Rezepten, die bei der Flasche waren, ist dasselbe passiert. Hoffentlich sind Sie mir nicht allzu böse.«

Sie konnte die Schweißperlen sehen, die mein Gesicht überzogen, und sie lachte. Ich hörte es bis oben in mein Zimmer.

Ich ließ mich aufs Bett fallen, und als mein Jackett dabei aufging, sah McKeever das Blut. Er knöpfte mir das Hemd auf, erblickte den rotgefärbten Verband, warf einen flüchtigen Blick auf mein Gesicht und stürzte hinaus.

Wie ich da lag, weigerten sich die Rippen, den Atemzügen nachzugeben, und die Luft schien in meiner Kehle zu pfeifen. Es war, als werde ich gebrandmarkt; nur nahm keiner das glühende Eisen wieder weg.

Die Tür öffnete sich, und ich dachte, McKeever kehre zurück, aber dann roch ich ihr Parfüm und schlug die Augen auf. Ihr falsches Lächeln war verschwunden.

»Was, zum Teufel, wollen Sie?« brachte ich mühsam heraus.

»Dr. McKeever hat mir erzählt...« Sie feuchtete die Lippen an. »Von Gloria Evans. Sie wollten ihr helfen.«

»Na und?« fragte ich böse.

»Gestern abend wollten Sie auch Sonny Holmes helfen.«

»Na klar, ich bin eben ein Menschenfreund.«

Ich schloß die Augen und versuchte, mein Atmen zu regulieren. Leise, aber mit immer noch recht energischer Stimme, sagte sie: »Was aber das Rauschgift angeht, das tut mir überhaupt nicht leid.«

und ließ mich sitzen, während er den Verband überprüfte. Als er damit fertig war, meinte er: »Ich hab' noch gar nicht nach dieser Schußwunde gefragt.«

»Dann tun Sie's.«

»Ich nehme an, sie ist gemeldet worden?«

»Ihre Annahme ist richtig.«

»Trotzdem. Ich muß sie nochmals melden.«

»Hab' nichts dagegen, Doc. Um Ihnen Zeit zu sparen, schlage ich vor, Sie besorgen sich die Adresse Ihres Kollegen von dem Rezept, das ich hier machen ließ.«

»Gut.« Er stand auf und griff zum Telefon.

Der Drogist gab ihm Auskunft, dann rief er in New York an. Als das Telefon zu quäken aufhörte, nickte McKeever. »Sie ist tatsächlich gemeldet worden. Auch das Rezept war in Ordnung. Und somit sind Sie tatsächlich auf Urlaub hier.«

»Das will mir nur keiner glauben.«

»Sie haben für Gesprächsstoff gesorgt.«

»Was ist mit dem Mädchen?« fragte ich. »Mit Gloria Evans.«

Er sank in seinen Sessel. »Sie ist wieder munter. Ich hab' sie bei meiner Schwägerin untergebracht.«

»Redet sie?«

Der Arzt schüttelte den Kopf. »Nein, sie reden nie.« Er trommelte auf die Schreibtischplatte. »Sie ist bös mißhandelt worden, aber etwas ist dabei ganz eigenartig. Sie ist — geradezu mit Sorgfalt geschlagen worden. Zwei Dinge wurden dazu benutzt. Eins muß ein langer schmaler Gürtel gewesen sein, das andere eine feingeflochtene Peitsche mit kleiner Metallspitze.«

Ich beugte mich vor. »Als Bestrafung?«

McKeever schüttelte den Kopf. »Nein. Dazu waren die Schläge nicht fest genug. Sie waren ausgeklügelt, mit Bedacht geführt, nicht wütend oder so.«

»Sie haben schon mehr solcher Patientinnen gehabt?«

»Zwei hab' ich versorgt. Sie sahen übel aus, aber sie redeten nicht. Was mit ihnen geschah, hinterläßt keine Narben. Aber man kann Menschen ja auch andere Narben zufügen.«

»Noch eins, Doc. Standen die Mädchen unter Rauschgift?«

McKeever seufzte tief. »Ja. Die Evans hat zwei Injektionsstiche im Unterarm. Die anderen hatten auch welche, aber damals erkannte ich noch nicht, was sie bedeuteten.«

Ich stand auf. »Können Sie sich nun ein Bild machen, Doc?«

Er sah aus, als wolle er's nicht recht glauben. »Es scheint so – so abwegig, bar jeder Vernunft.«

»So ist das immer«, sagte ich.

Ich machte im Hotel Station und holte die .45er aus dem Rasieretui. Ich prüfte das Magazin, ließ eine Patrone in den Lauf springen und den Schlitten vorsichtig zurückfedern, dann steckte ich sie unter den Gürtel auf der unverletzten Seite. Ein paar Reservemagazine ließ ich in die Jackentasche gleiten. Im Bad schluckte ich zwei Kapseln, verschloß meine Tür und ging hinunter.

Der Portier winkte mir. »Ein Anruf aus New York für Sie, Mr. Smith. Soll ich zurückrufen?«

Ich sagte, er solle verbinden. Am anderen Ende der Leitung meldete sich Artie, und nachdem er mich begrüßt hatte, sagte er: »Ich hab' ein paar Neuigkeiten für dich, Kelly.«

»Schieß los.«

»Erstens: Der Wagen gehört Don Casales. Das ist ein mittelgroßer Gangster aus der Gegend von Los Angeles und gegenwärtig unbelastet. Casales arbeitet für Carter Lansing, der einst dicke Geschäfte mit dem Syndikat machte. Jetzt verdient er sein Geld aber ehrlich, er besitzt die größten Anteile der So-Flo Airways, Hauptverwaltung in Miami. Zweitens: Benny Quick ist mit unbekanntem Ziel aus Miami verschwunden. Benny war in letzter Zeit sehr gut betucht. Sonst noch was?«

»Ja. Sagt dir der Name Simpson in Verbindung mit Nat Paley oder Lennie Weaver irgendwas?«

»Klar. Erinnerst du dich nicht an Red Dog Wally? Er hat ein Buchmacherbüro in der 49th. Neulich erwähnte er die alte Schweinsnase Weaver. Irgendeine Puppe suchte ihn, mit Tränen in den Augen. Eine Mordspuppe, sagt er, aber kein Mensch wußte, wo Lennie steckte. Red Dog versprach, nach ihm herumzuhören, und dabei fand er heraus, daß Lennie und Nat ein dickes Ding am Wickel hatten, für einen Kunden von auswärts. Sie taten mächtig geheimnisvoll. Gegen sie liegt aber auch nichts vor. Red Dog erzählte es der Puppe, die dann fast zusammenbrach.«

»Ihr Auftraggeber könnte also Simpson sein.«

»Wer weiß? Zum Teufel, heute beschäftigen viele dicke Leute solche Schläger, vom Politiker bis zum Wäschefabrikanten.«

»Okay, Artie, und besten Dank auch.«

Ich legte auf und dachte ein Weilchen nach. Ich ging die ganze Sache im Geiste zweimal durch, dann fiel mir etwas ein. Bei diesem Gedanken mußte ich schmunzeln und wandte mich um.

Sie wartete auf mich, groß und schön und mit schimmernden Haaren, daß man am liebsten beide Hände drin vergraben hätte. Ihre Brust hob und senkte sich sanft, und ich merkte, daß sie auf diesen Augenblick gewartet hatte und etwas im Schilde führte. Sie versuchte ein zaghaftes Lächeln und sagte: »Kelly?«

»Bleiben wir bei Mr. Smith. Ich möchte mich nicht mit dem Personal anbiedern.«

Sie behielt den Kopf oben, aber ich sah, wie ihre Augen feucht wurden.

Ich faßte sie unterm Kinn. »Nachdem wir uns nun gegenseitig Grobheiten an den Kopf geworfen haben, sind wir quitt. Können Sie jetzt wieder lächeln?«

Es kehrte zurück, langsam und unsicher zuerst, aber dann blieb es und rührte mich derart an, wie ich's nicht für möglich gehalten hätte.

»Mr. Smith...«

Ich ergriff ihre Hand. »Kelly. Sagen Sie ruhig Kelly, Süße.«

Ehe ich noch erkannte, was sie wollte, war's auch schon vorüber – ein Kuß, flüchtig nur, aber selbst im Sekundenbruchteil leidenschaftlich und wild. Wir fühlten das beide.

Sie ging mit mir hinaus zum Lieferwagen und blieb drin sitzen, während ich das Polizeirevier besuchte. Ich fragte nach Captain Cox, und als er kam, eröffnete ich ihm: »Ich möchte gegen zwei Angestellte Mr. Simpsons Anzeige erstatten. Der eine ist Nat Paley, der andere ein Unbekannter.«

Cox' Gesicht verhärtete sich. »Wegen Ihrer Schlägerei, nehme ich an.«

»Stimmt. Sie haben mich auf der Straße überfallen. Ich habe nur Paley erkannt, den anderen kann ich identifizieren.«

Cox nickte. »Wir haben die Angelegenheit bereits nachgeprüft. Der Bewohner des Hauses, in dem Sie waren, hat uns angerufen. Ein anderer Zeuge in der Straße glaubt, er habe einen von Mr. Simpsons Wagen erkannt. Mr. Simpson erklärt hingegen, keiner seiner Wagen habe das Grundstück verlassen, all seine Angestellten hätten sich ebenfalls dort befunden. Ein Dutzend Leute können das bestätigen.«

»Ich verstehe.«

»Haben Sie jemand, der Ihre Darstellung belegen kann?«

Ich grinste ihn an. »Das wird sich arrangieren lassen.«

»Sie machen eine Menge Wirbel, Mister«, meinte er.

Mein Grinsen wurde so breit, daß er meine Zähne zählen konnte. »Oh, ich hab' noch gar nicht richtig angefangen.«

Ich fuhr mit Dari durch die Stadt und dann auf einer schmalen geteerten Straße ins Gebirge. Rechts unter uns lag der See wie eine Schüssel Silber. Zwei Seitenstraßen mündeten in die unsre.

Hinter der nächsten Kurve lag die erste Umzäunung von Mr. Simpsons Anwesen. Auf einem Schild stand HILLSIDE MANOR – PRIVATE. Es hing an einer gut drei Meter hohen Bruchsteinmauer, auf der oben Glasscherben einzementiert waren. Aber das war noch nicht alles. Anderthalb Meter Stacheldraht hing nach außen über.

»Hübsch«, sagte ich. »Er hat sich gut eingeigelt. Seit wann sieht das hier so aus?«

»Seit kurz nach dem Krieg. Es wurde 47 gebaut.«

»Dieser Simpson – gehört es ihm schon immer?«

»Nein. Vor ihm war ein anderer drin. Es hat dann vor etwa zehn Jahren den Besitzer gewechselt. Freilich nur ihn, die Gäste sind noch dieselben. In der Stadt sieht man sie nie. Sie kommen und gehen nachts, oder sie benutzen die North Fork Road oder den Otter-Pass. Manchmal sind hundert Menschen auf einmal für ein oder zwei Wochen hier.«

»Reicht denn da der Platz aus?«

»Mehr als das. Das große Haus hat über zwanzig Zimmer, sechs kleine Nebengebäude sind ebenfalls komplett ausgestattet. Das Ganze ähnelt einem riesigen Privatklub.«

»Und noch niemand war so neugierig, sich mal drin umzuschauen?«

Nach einem Augenblick meinte sie: »Jake Adler haben sie mal drin erwischt und böse zugerichtet. Captain Cox war ein paarmal drin, will aber nichts Besonderes bemerkt haben. Vor ein paar Jahren hat man hier in der Gegend zwei Jäger vermißt. Eine Woche später wurden sie tot aufgefunden – fünfzig Meilen entfernt. Ihr Wagen ist über einen Felsen abgestürzt. Die Polizei behauptete, sie hätten es sich anders überlegt und beschlossen, weiter weg auf die Jagd zu gehen.«

»Kann ja sein.«

»Möglich. Nur – einer von ihnen hat an dem Tag, an dem sie vermutlich verschwanden, von meinem Hotel aus telefoniert.«

Ich sah sie ungläubig an. »Haben Sie das gemeldet?«

»Ja, aber man meinte, ich sei meiner Sache nicht sicher genug. Ich bekam nur eine Fotografie zu sehen, und in ihrer Wetterkleidung sehen sich alle Jäger ähnlich.«

»Nett. Wirklich nett. Wie können wir da rein?«

»Ein Stück weiter sieht man das Haus von der Straße aus. Wie man reinkommt, weiß ich allerdings nicht. Die Mauer führt rundherum und bis zum See.«

»Man kann also übers Wasser aufs Grundstück gelangen?«

Ihre Stirn bekam Falten, als sie nachdachte. »Es gibt da einen Landesteg, von dem aus ein Pfad durch den Wald führt. Er liegt versteckt in einer Felsspalte. Wenn Sie...«

»Sehen wir uns erst mal das Haus an.«

Wir fanden den Aussichtspunkt. Ich parkte und trat an den Rand der Lichtung. Über einen halben Kilometer dichten Wald hinweg betrachtete ich mir das weiße Haus, das wie ein Ferienhotel aussah.

Ein paar Gestalten gingen auf dem Rasen herum, einige andere saßen auf der Terrasse; durch ihre dunkle Kleidung hoben sie sich deutlich vom grellen Weiß der Fassade ab.

Hinter mir sagte Dari: »Da kommt ein Wagen.«

Es war eine blaue Limousine, ein Luxusmodell. Die beiden auf den Vordersitzen waren nicht zu erkennen. Aber das New Yorker Kennzeichen war gut zu lesen. Ich schrieb mir die Nummer auf und steckte den Schreiber gar nicht erst wieder weg, denn auf der Kreuzung aus Richtung Otter-Pass zeigte sich eine weitere Staubwolke. Ich wartete. Da waren wir also wieder bei schwarzen Caddys angelangt, denn in diesem hier saßen vier Mann, und er trug eine Nummer des Staates New York. Nach einer Viertelstunde rollte noch ein weißer Buick vorüber, und der Kerl neben dem Fahrer blickte in meine Richtung.

Harry Adrano hatte sich in den fünf Jahren, die er in Sing-Sing verbracht hatte, nicht sehr verändert. Sein Gesicht zeigte noch immer den verbissenen Ausdruck, war noch immer blauschwarz vom starken Bartwuchs, und die Lippen schlossen sich zu dem harten dünnen Strich. Harry. Wie paßte er wohl zu dieser feinen Gesellschaft hier?

Ganz leise sagte ich: »Da muß ich eben Winnetou spielen. Ich will aber da hinein.«

»Das geht doch nicht. Das Tor ist bewacht.«

»Aber der See...«

»Da werden auch Posten stehen. Warum müssen Sie denn unbedingt hinein?«

»Weil ich die Nummern sämtlicher Autos aufschreiben möchte, die drinstehen.«

»Das wird Sie den Kopf kosten.«

»Wie sonst soll ich an die Nummern kommen?«

Sie lächelte. »Ich weiß etwas. Grace Shaefer war gestern in der Stadt. Sie wird hier oben an den — Festlichkeiten teilnehmen.«

»Glauben Sie?«

Daris Lächeln veränderte sich. »Ich könnte mir denken, daß Sie sie schon überreden werden.«

»Besten Dank«, sagte ich.

Ich nahm ihren Arm, und wir gingen auf den Wagen zu. Ehe wir bei ihm anlangten, hörte ich über uns Reifen und wollte noch rasch im Gebüsch verschwinden. Es half nichts mehr. Der schwarze Caddy rauschte in Richtung Stadt an uns vorüber, und die beiden Kerle drin hatten Zeit genug, uns zu betrachten. Sie schienen zwar nicht auf uns zu achten, aber am Steuer saß Benny Quick, und dieser kleine Strolch hatte Augen wie ein Luchs.

Wir warteten, hörten den Wagen talwärts verschwinden,

dann stiegen wir in meinen Lieferwagen. An der Abzweigung zum Otter-Pass entdeckte ich frische Reifenspuren, eine zerbrochene Whiskyflasche glitzerte am Straßenrand.

Kurz hinter der nächsten Abzweigung, der North Fork Road, beschrieb die Teerstraße eine scharfe Kurve – und da erwarteten sie uns. Der Cadillac versperrte die Fahrbahn, und neben ihm stand Benny. Wenn wir nur zufällig vorüberkommende Touristen gewesen wären, dann sah es nach einem harmlosen kleinen Unfall aus. Für uns aber war es eine tückische Falle.

Ich bremste und hielt sechs Meter vor dem Caddy. Ich steckte den Kopf nur halb zum Fenster hinaus, so daß die Strebe im Führerhaus mein Gesicht fast völlig verdeckte. Benny Quick versuchte mit seinem Galgenvogelgesicht zu lächeln, aber natürlich wurde nichts daraus.

Benny war freilich nicht derjenige, über den ich mir Gedanken machte. Irgendwo in der Nähe hatte sich der andere versteckt, und ich hätte wetten mögen, daß er ein Schießeisen in der Hand hielt. Ich zog die .45er hervor und entsicherte sie. Neben mir erstarrte Dari zur Salzsäule.

Ich spielte gleichfalls den Harmlosen. »Ist was passiert, Herr Nachbar?«

Benny kam langsam auf mich zu. Ich öffnete die Tür, als wolle ich mir damit besseres Blickfeld verschaffen, und sah, wie Benny die Aufschrift las: *Willie Elkins' Garage, Repairs and Towing, Call Pinewood 101.* Daraufhin hielt er uns wohl für Einheimische, die mal im Wald gewesen waren, und schrieb uns als Zufall ab.

Sein Lächeln wurde eine Spur echter. »Nein, passiert ist nichts. Bin nur ein bißchen scharf in die Kurve gegangen und gerutscht. Wollte nur verhindern, daß mich jemand rammt, während ich wende.«

Er kletterte in den Caddy, gab Gas und machte sich ein Gaudi daraus, an der Engstelle zu wenden. Schließlich zeigte sein Kühler wieder bergwärts, und als wir vorbeifuhren, winkte er. Ich winkte zurück, in diesem Moment trafen sich unsere Blicke, und Bennys Lächeln wurde essigsauer.

Entweder ließ er zu rasch die Maske fallen, oder aber er hatte mich wiedererkannt, von einer Begegnung her, die noch nicht lange zurücklag.

Hinter der Kurve hielt ich unvermittelt an, stellte den Motor ab und lauschte. Ich hörte eine Tür zuschlagen und wußte, daß Benny seinen Passagier wieder eingeladen hatte. Dari beobachtete mich, ich brauchte ihr nicht zu erklären, welcher Film da soeben gelaufen war.

Schweigend musterte sie die .45er auf dem Sitz, dann sah sie mich wieder an. »Sie hätten ihn erschossen, nicht wahr?« sagte sie.

»Mit dem größten Vergnügen«, erwiderte ich.

»Schrecklich«, flüsterte sie.

»Na ja, lassen Sie's sich nicht verdrießen, Mädchen. Vielleicht hole ich's noch nach.«

Es war dunkel, als wir im Hotel ankamen. Der Portier winkte Dari herbei. »Sie waren gerade weg, da kam ein Anruf. Ein Mädchen. Sie sagte, sie sei Ruth Gleason. Viel verstand ich ja nicht. Sie heulte und redete davon, sie brauche unbedingt jemand — oder so.«

Daris Gesicht wurde aschfahl. Sie wandte sich zu mir um.

»Sie wollten sich doch mit Grace Shaefer in Verbindung setzen«, erinnerte ich sie.

Dari nickte.

»Sehen Sie mal zu, ob wir uns in einer Stunde bei *Jimmie's* treffen können.«

Es dauerte zehn Minuten, bis die Vermittlung zu Artie durchgedrungen war. Wie gewöhnlich schwatzten wir belangloses Zeug, ehe ich ihm die Nummern durchgab, die ich mir im Wald notiert hatte. Er knurrte unfreundlich, als ich ihm erklärte, ich brauche die Auskunft sofort. Es würde ein bißchen dauern, deshalb nannte ich ihm die Rufnummer des Hotels. »Ich warte, Artie.«

Ich blickte auf die Uhr und bat den Portier, Gespräche für mich in Daris Zimmer durchzustellen. Es lag am Ende des Flurs im Erdgeschoß. Ich klopfte und hörte sie »Herein!« rufen. Ich stand einen Augenblick im Halbdunkel der kleinen Diele, dann verschloß ich die Tür hinter mir. Sie telefonierte drinnen.

Sie saß auf einer niedrigen Couch, hatte die Beine hochgezogen und sich in einen seidenen roten Mandarinmantel gewickelt, auf den ein riesiger goldener Drache gestickt war. Das Maul mit den scharfen Zähnen züngelte nach ihrem Hals.

Sie unterhielt sich mit einer Mrs. Finney. Mit Mühe ihre Verärgerung unterdrückend, sagte sie: »Also, falls Grace anruft, würden Sie sie bitten, sich in einer Stunde mit mir in Jimmies Bar zu treffen? Sagen Sie ihr bitte, es sei sehr wichtig. Vielen Dank, Mrs. Finney.«

Sie legte auf und zog eine Grimasse. »Sie weiß genau, wo Grace steckt, die Alte.«

»Und wieso ist es ein Geheimnis?«

»Weil...«, sie lächelte verschmitzt. »Mrs. Finneys Pension ist eben mehr als eine gewöhnliche Pension. Im Sommer jedenfalls.«

»Oh«, sagte ich. »Und bezüglich ihrer – Kundinnen ist sie sehr diskret?«

»Ungefähr. Grace wohnt bei ihr.« Sie erhob sich, und die seidenen Falten flossen um ihre Kurven, daß der goldene Drache fast zu leben schien.

Große Frauen haben etwas seltsam Faszinierendes. Und als ich sie anschaute, wußte ich, daß wir auf der gleichen Wellenlänge sendeten, alles verlangend und bereit, alles zu geben. Ihre Augen tasteten sich an mir hoch, der Vorderteil des Mantels legte sich an, als sie jetzt tief Luft holte.

Ich streckte die Hand aus, und sie griff ohne Zögern danach. Ich zog sie an mich, und sie folgte ohne Widerstreben, glitt neben mir auf die Couch, lehnte sich an die Kissen und schloß die Augen halb.

Ich legte meine Hand auf sie und fühlte die Hitze durch den Stoff. Nichts an ihr war sanft. Sie war ein vibrierendes Bündel, bebte unter meiner Berührung, und obwohl sie abwartete, spannten sich ihre Muskeln wie vor einem Sprung.

Ihre Fingerspitzen streichelten mich, wußten, daß ich jetzt ihr gehörte, und schienen das erfühlen zu wollen, was nun ihr Eigentum war. Eine Hand streichelte meinen Nacken, die andere zog mein Gesicht zu sich nieder. Kein Wort fiel. Es war auch keins nötig.

Sie hielt mich einen Augenblick von sich ab, forschte in meinem Gesicht, und dann kam der Kuß – wie eine Explosion.

Meine Fingernägel gruben sich in ihre Gelenke. »Jetzt weißt du's.«

»Jetzt weiß ich's«, sagte sie. »Es ist mir noch nie passiert, Kelly.«

Sie hob meine Hände an die Lippen und küßte sie lächelnd.

»Und was machen wir jetzt?« fragte sie mich.

»So was wirft man nicht weg, Mädchen. Es gehört uns. Wir nehmen es uns und behalten es für immer.«

Langsam stand sie auf, blieb vor mir stehen, und ihre Augen verrieten, daß ich das gesagt hatte, was sie hatte hören wollen – aber doch nicht erwartet hatte.

Sie lachte ganz tief in der Kehle. »Woran denkst du jetzt?«

»Daß du unter diesem chinesischen Ding überhaupt nichts anhast.«

»Sehr richtig«, sagte sie.

Sie schlug den Mantel auf, drehte sich lächelnd um und ging nach nebenan – und hinter mir schrillte das Telefon so laut, daß ich hochfuhr.

Der Portier sagte: »Mr. Smith, hier ist Ihr Gespräch aus New York.«

Mein Ton ließ Arties scherzendes Plaudern verstummen.

»Okay, mein Freund«, sagte er. »Da hast du dir wirklich eine bunte Gesellschaft ausgesucht. Zwei von diesen Wagen, ein Karavan und eine Limousine, gehören Geschäftsleuten, die eine ganz reine Weste haben.«

»Vielleicht, aber in dem einen saß Harry Adrano, und dieser Junge hat schon immer mit dem heißen Schnee zu tun.«

»Der Cadillac ist ein Leihwagen. Über den Mann, der ihn unter dem Namen Walter Cramer mietete, weiß niemand was, aber der Mann, der ihn bezahlt hat, ist ein großes Tier. Er heißt Sergej Rudinow und ist ein sowjetischer Attaché. Seit drei Monaten im Lande.«

Ich bedankte mich bei Art, legte auf und starrte aufs Telefon. Ich konnte mir jetzt ein Bild machen. Ich sah es groß und deutlich.

Dari ging voraus zu ihrem Wagen und gab mir die Schlüssel.

Es war halb neun. Jimmie sah uns gleich, als wir eintraten, und kam auf uns zu.

»Grace Shaefer sitzt hinten. Sie wartet auf euch.«

Ich erwiderte sein Lächeln, und wir gingen nach hinten. Grace Shaefer brütete vor einem Highball. Sie war brünett, besaß große Augen und einen kurvenreichen Körper, den das tiefausgeschnittene schwarze Kleid in keiner Weise verbarg. Sie mußte einmal sehr schön gewesen sein, aber nun war sie nur noch eine von jenen, denen man's gleich ansieht, womit sie ihr Geld verdienen.

»Hallo, Dari. Wer ist denn dein großer Freund?«

»Darf ich dir Kelly Smith vorstellen? – Wie geht's dir denn so, Grace?«

Ihr Lächeln galt mir und war eine eindeutige Einladung, auch wenn ihre Worte an Dari gerichtet waren. »Mir geht's prächtig. Sagen wir ruhig: Ich hab' alles, wovon man träumt.«

»Grace, gehst du wieder nach oben, auch diesmal?«

»Natürlich«, erwiderte sie fast herausfordernd. »Wieso?«

Bevor Dari antworten konnte, sagte ich: »Wie tief stecken Sie mit drin, Grace?«

»Hören Sie mal...«

»Sie sitzen im falschen Boot, Baby. Sie können aber noch aussteigen, wenn Sie wollen.«

In ihren Augen stand unverhüllte Furcht. »Ich habe den Eindruck, Sie möchten gern umgebracht werden«, sagte sie.

»Man hat's schon versucht. Aber wie steht's mit Ihnen? Wenn Sie Lust haben, können Sie mir da oben einen Gefallen tun.«

Als sie antwortete, war mir klar, daß dies endgültig war. »Lieber Smithy«, sagte sie, »Sie kennen meine Sorte, und ich kenne Ihre. Wir wollen uns nichts vormachen. An dem Tag, an dem ich Selbstmord begehen will, tue ich Ihnen den Gefallen, aber bis dahin bleiben Sie mir vom Hals. Klar?«

Ich nickte. Aber Grace war noch nicht fertig. Mit dem feinen Spürsinn, der manchen Menschen zu eigen ist, erkannte sie, wie es zwischen Dari und mir stand. Sie sagte zu ihr: »Dir könnte ich allerdings einen Gefallen erweisen, Dari. Mr. Simpson gibt heute abend eine Party. Er braucht noch ein paar Mädchen. Wenn man so gebaut ist wie du, ist man droben immer willkommen, das weißt du ja. Du mußt nur freiwillig kommen. Weißt du noch?«

Ich packte Daris Arm, ehe sie zuschlagen konnte. Mit einer abfälligen Grimasse unter der Schminke warf Grace den Pelz über die Schultern und marschierte hinaus.

Die Tür flog auf. Der Junge, der hereinstürzte, war vor Angst und Eile ganz außer Atem. Er keuchte: »Mr. Smith...«

Dann erkannte ich ihn wieder: Sonny Holmes, der Paley und Weaver wegen der kleinen Evans beschimpft hatte.

»Mr. Smith, sie suchen nach Ihnen. Glauben Sie mir, sie sind hinter Ihnen her!«

Ich langte nach seiner Schulter. »Wer?«

»Die beiden, mit denen Sie sich meinetwegen geschlagen haben. Sie waren in Ihrem Hotel und haben nach Ihnen gefragt, und der Portier hat ihnen gesagt, daß Sie hier sind.«

»Vor den beiden hab' ich keine Angst.«

»Vor ihnen vielleicht nicht, aber dann sind sie hinausgegangen und haben mit anderen in einem Wagen gesprochen. Es war ein Cadillac von oben.«

»Benny Quick hat mich also erkannt. Der kleine Strolch hat sein Gedächtnis wiedergefunden. Na, wenn wir uns wieder mal begegnen, behält er kein Gedächtnis übrig.«

»Mr. Smith, Sie sollten lieber verschwinden.«

Ganz unbewußt hatte ich die .45er schon in der Hand.

»Hör zu, Junge, bring Miss Dahl hier raus. Nimm ihren Wagen und paß auf, daß euch niemand folgt. Versucht zur Polizei zu kommen. Und sagt Cox, daß die Stadt bald in die Luft fliegt.«

»Nein, Kelly...«

»Geh mir jetzt nicht auf die Nerven, Dari. Tut, was ich euch sage. Das ist meine Angelegenheit, und ich werde sie auf meine Weise bereinigen.«

Sie blickte auf die Pistole. »Davor hab' ich ja gerade Angst. Kelly, verdirb nicht so schnell alles wieder. Bitte, Kelly.« Sie stockte, ihre Augen waren feucht. »Du bist genau wie sie, bist einer von ihnen. Du trägst eine Pistole, bist angeschossen worden, und nun steckst du hier mitten in allem drin. Lauf weg, Darling — bitte. Es ist mir egal, was du warst, aber mach nicht mehr mit. Oder sie bringen dich um!«

»Nicht, solange ich die Kanone habe, Kleines.«

»Das ist genauso schlimm, nicht wahr?« sagte sie tonlos. »Du tötest sie — und das Gesetz tötet dich.«

Ich lachte kurz auf, ein bißchen verblüfft. Ich ließ es schnell wieder bleiben, schmunzelte und gab ihr die .45er. »Okay, Mädchen, ganz wie du willst.«

Sie ließ die Pistole in ihre Handtasche gleiten, wollte mir einen Kuß geben — da wurde vorn im Lokal alles mucksmäuschenstill. Ehe sie sich noch rühren konnte, drückte ich sie Sonny in die Arme und flüsterte: »Nun verschwindet endlich, zum Donnerwetter!«

Als sich die Tür hinter ihnen geschlossen hatte, eilte ich zu den Fenstern an der Längswand des Zimmers und suchte nach einem Griff. Ein Tropfen Schweiß rann mir langsam den Nacken hinunter. Die Fenster hatten Stahlrahmen massiver Bauart, und jemand hatte ihre Griffe abmontiert. Und im nächsten Augenblick mußten die Brüder hier hereinkommen.

An der andern Wand befanden sich die Toilettentüren, und einer plötzlichen Eingebung folgend, huschte ich zu jener hinein, auf der WOMEN stand. Wenn sie hier suchten, schauten sie bestimmt zuerst hinter die andere Tür. An der äußeren Tür steckte kein Schlüssel, aber ein Papierkorb paßte unter die Klinke. Wieder zwei Sekunden gewonnen. Das Fenster war von derselben Sorte wie draußen, aus Stahl und ohne Griff. Es lag schulterhoch, und das undurchsichtige Drahtglas war praktisch unzerbrechlich.

Von draußen vernahm ich gedämpfte Stimmen. Ich fluchte leise vor mich hin und kämpfte mit dem Vierkantzapfen des Fenstergriffs. Er rührte sich nicht. Ich langte nach hinten, packte eine Handvoll Papier und wickelte es um die scharfen Kanten. Als ich erneut drehte, gab der Zapfen ein bißchen nach. Mit nervenzermürbender Langsamkeit begann sich das Fenster zu öffnen. Auf der anderen Seite der Trennwand trat ein schwerer Schuh gegen die Tür, und jemand sagte: »Komm da raus, los!«

Wenn die Herrenabteilung genauso gebaut war, sahen sie das geschlossene Fenster und wußten, daß ich dort nicht entwischt war. In meine verriegelte Bude konnten sie allerdings nicht gucken — und mithin würden sie sich an den Fingern abzählen, daß ich hier drinsteckte.

Das Fenster stand jetzt weit genug offen. Ich zog mich hoch und zwängte mich durch die Öffnung — und gleichzeitig drehte einer am Türknopf.

Ich gelangte in eine Autoeinfahrt. Am hinteren Ende ragte ein Gebäude hoch, vorn hingegen war der Weg auf die erleuchtete Straße frei. Ich lief darauf zu — eine Sekunde zu spät, denn einer flitzte vorn um die Ecke, und ich sah die Waffe in seiner Hand.

Trotzdem war ich noch im Vorteil. Seine Augen hatten sich noch nicht ans Tintenschwarz der Torfahrt gewöhnt, obendrein bot er sich mir als klargezeichnete Silhouette dar. Er hörte meine Schritte und hob den Revolver. Aber bevor er abziehen konnte, placierte ich ihm eine ans Kinn. Er fiel um, als sei er tot, ich stürzte auf ihn.

Der andere war mir auf dem Rücken, noch ehe ich mich wieder aufgerappelt hatte. Ich fummelte nach dem Revolver, den der erste hatte fallen lassen, verfehlte ihn — und da war ich dran.

Er hätte schießen können, und es wäre aus mit mir gewesen. Statt dessen trat er zu, und meine schlimme Seite schien auseinanderzubersten, als habe ich auf einer explodierenden Handgranate gelegen. Der unerträgliche Schmerz rettete mich. Ich schnellte mich mit ungeheurer Energie vor dem nächsten Tritt weg, und dabei stolperte der Kerl über mich und fiel.

Und dann hatte ich den Revolver. Instinktiv hatte ich ihn gegriffen. Instinktiv schlug ich ihm damit hinters Ohr.

Noch nie zuvor hatte das Feuer an meinen Rippen so höllisch gelodert, nicht mal, als es damals passiert war. Ich wäre am liebsten bewußtlos geworden — alles wäre mir recht gewesen. Mehr im Unterbewußtsein entstand die Erkenntnis: Das einzige, was dir helfen kann, liegt im Hotelzimmer.

Es ist schon vorbei, aber man weiß noch gar nicht, wie es

passiert ist. Man weiß nicht, welchen Weg man gegangen ist, wie man Hindernisse umgangen und die Treppen geschafft hat. Fast läßt einen auch der Selbsterhaltungstrieb im Stich, wenn man die Tür öffnet, aber dann meldet er sich doch noch und ruft in Erinnerung, daß die Tür ja eigentlich verschlossen sein müßte... Man läßt sich fallen, während vorn im Dunkeln gleichzeitig ein Blitz aufflammt, man greift instinktiv nach der Waffe, und derweil sich einem was in den Oberarm bohrt, löscht man den Blitz aus, der einen töten wollte.

Ganz in der Nähe fällt etwas zu Boden, man steht auf, dreht am Schalter und erkennt Benny Quick, der auf dem Rücken liegt und ein Loch zwischen den Augen hat.

Ich verlor keine Zeit, schüttelte mir gleich sechs Kapseln in die Hand und schluckte sie. Ich wartete eine Minute auf die Wirkung. Sanft setzte sie ein, wie lauwarmes Wasser, das über einen rinnt, und endlich konnte ich wieder wie ein Mensch denken und handeln statt wie ein blindes Tier.

Auf den Straßen suchten sie nach mir. Gewiß kamen sie bald wieder hierher, um sich bei Benny nach Neuigkeiten zu erkundigen. Wenn sie ihn erschossen auffanden, wurde zur großen Treibjagd geblasen. Mein Verstand umnebelte sich ein bißchen. Ich stopfte den Revolver in den Gürtel, steckte Bennys Schießeisen in die Tasche und packte ihn unter den Achselhöhlen. Benny war schnell gestorben. Ein Bettvorleger verdeckte seine letzten Spuren, ich schleifte ihn hinaus und schloß die Tür hinter mir.

Mir fiel nur ein Versteck für ihn ein. Ich brachte ihn über die Hintertreppe in Daris Zimmer. Dort ließ ich ihn einfach auf den Boden gleiten, zu mehr reichte es nicht.

Im Hintergrund des Zimmers wollte ein Mädchen aufschreien. Sie starrte mich mit Augen an, die so schwarz waren, daß sie nicht echt zu sein schienen, und dann gab sie den Versuch auf und sank in sich zusammen.

Das Mädchen begann zu schluchzen. Ich wußte, wer sie war, und sagte: »Ruth? Ruth Gleason?«

Sie schien zu begreifen, daß ich ihr nichts tun wollte. Der starre Ausdruck wich aus ihren Augen, und sie brachte wieder die Beine unter sich. »Ja?«

»Dari — haben Sie Dari gesehen?«

»Nein. Ich wollte sie – ich habe gewartet...«

Denk nach, fuhr ich mich an, denk doch nach!

Der junge Holmes mußte sie irgendwohin gebracht haben. Dr. McKeever hatte schon die kleine Evans bei seiner Schwägerin einquartiert. Dorthin war der Junge bestimmt mit ihr gefahren.

»Kennen Sie Dr. McKeevers Frau oder ihre Schwester?« fragte ich.

Einen Augenblick lang vergaß Ruth Gleason ihre Angst und neigte erstaunt den Kopf. »Ihre Schwester ist Emma Cox, die Frau von Captain Cox. Sie wohnen aber nicht mehr zusammen.«

»Können Sie fahren?«

Sie nickte. Ich griff in die Tasche und warf ihr die Lieferwagenschlüssel zu. »Willie Elkins Wagen. Er steht hinterm Haus. Rufen Sie Dr. McKeever an, er soll sich mit uns treffen, bei seiner Schwester. Dann fahren Sie uns dorthin...«

Ich hörte ihre Stimme, aber ich konnte mich nicht auf sie konzentrieren. Ich spürte ihre Hand an meinem Arm und wußte, daß ich im Lieferwagen saß. Ich konnte die Nachtluft riechen und manchmal sogar denken, und dann verwünschte ich mich, weil ich es mit diesen verdammten Kapseln so übertrieben hatte.

Zeit war überhaupt kein Begriff mehr. Ich hörte Dr. McKeever und Dari und fühlte Hände an dem Loch in meiner Seite und spürte, wie Fetzen von dem Loch in meinem Arm abgetrennt wurden. Dari weinte, und die Gleason schrie.

Sie brachte immer nur dasselbe heraus. »Sie sind doch Arzt, geben Sie's mir, bitte! Sie müssen es tun! Oh, bitte – ich tu ja alles, was Sie wollen – bitte!«

Dari sprach. »Können Sie nicht...«

Andere Stimmen redeten, und schließlich sagte McKeever: »Es hilft. Nicht viel, aber es wird sie beruhigen.«

»Und Kelly?« fragte sie.

»Er kommt schon wieder zu sich. Ich muß aber die Schußwunde melden.«

»Nein.« Sie sprach leise, aber entschlossen. »Er muß hier weg.«

Ruth Gleason heulte nach Lennie, er solle kommen und sie holen.

Der Nebel, der die Schmerzen stillte, trug mich auf Wattewolken hinweg.

»Sie haben versucht, sich's abzugewöhnen, Ruth, nicht wahr?« fragte Dr. McKeever.

Hoffnungslosigkeit klang aus ihrer Stimme. »Ich doch nicht. Lennie hat's mir abgenommen. Er wollte mich loswerden.«

Nach einer Pause fuhr McKeever fort: »Wann hat es angefangen, Ruth?«

Ihre Stimme schien aus weiter Ferne zu kommen. »Oben. Flori und ich gingen rauf. Flori brauchte das Geld, ihr Vater...«

»Ja, ich weiß. Was war mit Ihnen?«

»Ein Mann – nicht Lennie. Wir lernten uns in der Stadt kennen, und er lud mich ein. Es schien ein harmloser Spaß. Er gab mir ein paar Stäbchen.«

»Was?« sagte Dari.

»Marihuana«, erklärte der Arzt. »Was war danach, Ruth?«

»Dann haben wir 'ne tolle Party gefeiert. So zum Jux. Eine Woche später.«

»Flori auch?«

Ruth kicherte. »Na klar«, sagte sie. »Alle. Es war ein Mordsspaß. Wir haben getanzt. Nackt, verstehen Sie? Mr. Simpson kam herein und schaute zu. Er gab mir fünfhundert Dollar, können Sie sich so was vorstellen? Flori auch. Und das war nur das erste Mal. Oh, wir haben viel getanzt. Für Mr. Simpson zogen wir Kostüme an, und seine Bekannten haben sich prächtig amüsiert, und wir...«

Man konnte sie kaum noch verstehen. »Mr. Simpson wollte dann etwas Besonderes. An verschiedenen Abenden ließ er uns einzeln kommen. Wir mußten uns ausziehen vor ihnen, und er hatte Peitschen. Er sagte, es tut nicht weh.« Es nahm ihr fast den Atem, als sie sich erinnerte. »Ich schrie und wollte weglaufen, aber ich konnte nicht!« Sie vergrub das Gesicht in den Händen.

»Aber Sie sind doch wieder hingegangen, Ruth?«

»Ich mußte doch. Das Geld. Es gab immer Geld. Und dann war auch Lennie da. Und nachher mußte ich, weil ich nichts mehr hatte. Ich brauchte unbedingt eine Spritze. Ich – was soll nur aus mir werden?«

»Wir werden schon für Sie sorgen, Ruth. Sagen Sie, sind zur Zeit auch Mädchen oben?«

»Ja, ja. Alle, die sonst auch da sind. Aber es kommen noch mehr. Mr. Simpson will immer neue. Bitte, Sie müssen mich wieder rauflassen.«

Die Stimmen waren jetzt meilenweit weg. Der Schlaf überwältigte mich, und ich konnte ihm nicht länger widerstehen.

Es war Tag. Ich schimpfte und rief nach jemand, und die Tür ging auf, und McKeever versuchte, mich ins Kissen zurückzudrücken. Hinter ihm stand Sonny Holmes.

Gegen den Druck von McKeevers Hand setzte ich mich auf. Mein Mund war trocken und wie mit Watte ausgestopft, mein Kopf dröhnte. Breites Heftpflaster umspannte meinen ganzen Brustkorb, der Schmerz in meiner Seite war zu einem dumpfen Pochen geworden, es tat weitaus mehr weh als die Fleischwunde in meinem Arm.

»So was wie Sie hab' ich seit dem Krieg nicht mehr gesehen«, sagte McKeever.

Von der Tür her meldete sich Cox. »Kann er reden?«

Ehe McKeever mich dran hindern konnte, sagte ich: »Ich kann reden, Captain. Kommen Sie rein.«

Sein arrogantes Lächeln war verschwunden. Seine Lippen zuckten nervös, wie bei den anderen Leuten in Pinewood auch.

»Ich mache Ihnen Ärger, wie?« sagte ich.

»Sie hatten kein Recht...«

»Das ist aber hart. Sie haben doch meine Abdrücke überprüfen lassen, nicht wahr?«

Er konnte die Angst in seinen Augen nicht verbergen. Auch McKeever beobachtete mich jetzt. »Ich bin ein FBI-Mann, Freundchen, und das wissen Sie ganz genau. Unser Büro hat das Recht, jederzeit und überall in Aktion zu treten, und mittlerweile werden Sie auch wissen, wer uns dabei zu unterstützen hat, oder?«

Cox gab keine Antwort. Ich sah, wie seine ganze kleine Welt um ihn herum zusammenfiel.

»Sie haben eine Stadt verkommen lassen, Cox. Sie haben zugelassen, daß der Wurm reinkam – und nun hat er sich zu einem Ungeheuer gemästet. Er ist zu groß für Sie geworden, da haben Sie versucht, ihn einfach zu übersehen. Es ist Ihnen alles über den Kopf gewachsen, mein Lieber. Ich wette, das haben Sie schon längst erkannt. Daß ich dazwischenkam, war ein Zufall, aber über kurz oder lang wären Sie ohnehin aufgeflogen.«

Cox wollte noch immer nicht klein beigeben. »Was kann ich denn tun?« fragte er.

Ich setzte mich auf die Bettkante, angelte nach meiner Hose und zog sie an. Jemand hatte mein Hemd gewaschen. Glücklicherweise konnte ich in meine Mokassins schlüpfen, ohne mich bücken zu müssen.

Ich sah den breitschultrigen Polizisten durchdringend an. »Nichts können Sie tun«, sagte ich. »Sie fahren in Ihr Revier zurück und warten dort, bis ich anrufe und Ihnen sage, was Sie zu tun haben. Und nun verschwinden Sie.«

Wir sahen ihm beide nach, wie er hinausschlurfte. Den Kopf trug er jetzt ein bißchen gebeugt. »Können Sie mir etwas davon anvertrauen?« sagte McKeever.

Ich nickte. »Das muß ich ja. Wenn mir etwas zustößt, müssen Sie es weitermelden. Ein bißchen muß ich raten, aber nichts ist zu weit hergeholt. Die Villa droben auf dem Berg ist nur eine Fassade, ein Treffpunkt für die ganz Großen aus der Rauschgiftbranche.

Es ist nicht die einzige Burg, über die sie verfügen, wahrscheinlich nur eine Filiale. Sie existiert und arbeitet mit Erfolg seit – sind es jetzt zehn Jahre? Die Leute hier in der Stadt haben vielleicht so etwas Ähnliches vermutet. Aber wer legt sich mit Gangstern an? Es wäre nicht schwergefallen, Unbequeme zum Schweigen zu bringen. Und damit alles noch besser funktionierte, ließ die Bande sich auch nicht lumpen. Selbst die Mädchen holten sie sich mit ihrem Geld, und keiner hatte ernsthaft etwas dagegen. Furcht und Geld beherrschten die Lage. Außerdem, zu wem sollte man denn gehen? Zu einem Polizeichef, der um seine Stellung fürchtete? Oder zu anderen Polizisten, die sich vor ihm fürchteten?

Aber eines Tages änderte sich die Lage. Unsere Agenten hatten die Nachschubeinfuhr unterbunden, das Geschäft stockte. Gerade rechtzeitig für die Brüder kam dann die Sache mit Kuba. Die Roten sahen eine Möglichkeit, die Staaten zu vergiften, und sie verbündeten sich mit den Genossen da oben. Kuba wurde zur Verteilerzentrale für chinesisches Rauschgift. Oben in der Villa befindet sich unter anderen ein scheinbar ehrlicher Geschäftsmann, dem eine Fluggesellschaft mit Sitz in Florida gehört. Ist der Zusammenhang klar?«

Ich grinste mit zusammengebissenen Zähnen. »Und noch ein größeres Tier ist oben, ein russischer Attaché. Das Ganze ist eine Konferenz leitender Herren des Unternehmens, um die Verteilung abzustimmen. Dieses Risiko gelegentlicher Konferenzen müssen sie auf sich nehmen. Ohne Risiko läßt sich ein Geschäft wie ihres nicht betreiben. Wenn es keine Zufälle gäbe, wäre das Risiko freilich gering. Zufälle jedoch können es gewaltig steigern. Der Zufall in diesem Fall war ich. Freilich mußte noch etwas dazukommen, ein gewisser Mr. Simpson mit seinen abartigen Neigungen. Wenn er sie nicht gehabt hätte, wäre den Brüdern wahrscheinlich nie etwas passiert.«

Ich hatte viel geredet, zuviel. Es hatte mich verdammt angestrengt. »Wo ist Dari?« fragte ich.

Der Arzt zögerte, bis ich ihn am Arm packte. Er sah mich an, und sein Gesicht hatte jegliche Farbe verloren. »Sie ist Ruth nachgegangen.«

Mein Griff verstärkte sich, er stöhnte ein bißchen. »Ich hatte Ruth ins Bett gepackt. Was ich ihr gegeben hatte, hielt aber nicht lange vor. Sie stand auf und verschwand. Am nächsten Morgen war auch Dari weg.«

»Wovon reden Sie denn da – am nächsten Morgen?«

»Sie haben eine kräftige Dosis bekommen, mein Freund. Das war gestern. Sie haben die ganze Zeit geschlafen.«

Es war wie ein Schlag in den Magen.

Ich stand auf und zog mein Jackett an.

»Sie warten überall in der Stadt«, sagte der Arzt. »Auf Sie.«

»Gut so«, sagte ich. »Wo ist Sonny Holmes?«

»In der Küche.«

Ich sah Sonny an der Nasenspitze an, daß er alles gehört hatte. Ich fragte ihn: »Wissen Sie einen Weg, wie man zum See kommt, ohne durch die Stadt zu müssen?«

Sonny hatte sich verändert. Er wirkte jetzt älter. »Es gibt einen Weg. Die Eiswagen haben ihn früher benutzt.«

Ich lächelte den Arzt an und gab ihm eine Karte. »Rufen Sie diese Nummer an, und verlangen Sie Artie. Ihm erzählen Sie alles, und sagen Sie ihm, er soll sich schleunigst hierherbegeben. Ich will Dari aus dieser Geschichte raushalten, Doc.« Der Ausdruck in seinem Gesicht ließ mich stocken.

»Sie ist weg«, sagte er. »Sie ist als Gast hinaufgefahren. Ruth Gleason hat ihr erzählt, daß die da oben noch Mädchen suchen. Sie hatte eine Pistole in ihrer Handtasche. Sie sagte, die gehöre Ihnen. Kelly, sie ist da raufgefahren, um Simpson umzubringen!«

Und es war schon einen ganzen Tag her!

Sonny wartete. Wir nahmen seinen Wagen. Mein gemieteter Lieferwagen war verschwunden. Ruth Gleason war mit ihm weggefahren, und meine schallgedämpfte Pistole, die ich benutzt hatte, hatte dringelegen.

»Ich habe Sie erwartet«, sagte Mort Steiger.

»Ich will aber nicht angeln, Pop«, sagte ich.

»Ich weiß, was Sie vorhaben. Ich wußte es schon die ganze Zeit. Jemand mußte es ja mal tun. Sie sahen mir wie der einzige aus, der es kann – und will.«

Ich wandte mich an Sonny. »Ruf den Arzt an, Junge. Frag ihn, ob er meinen Freund erreicht hat.«

Mort hob eine Hand und hielt ihn auf. »Brauchst du gar nicht erst zu versuchen. Das Telefon funktioniert nicht. Ein Jeep vom Berg oben ist an der Post gegen einen Mast gefahren, und es wird zwei Tage dauern, bis der Instandsetzungstrupp herkommt.«

»Sonny«, sagte ich, »fahr zu Captain Cox. Sag ihm, daß ich raufgehe, und er soll mir mit allem, was er auftreiben kann, nachkommen. Sag ihm, das sei ein Befehl.«

Mort spuckte den Zigarrenstummel aus. »Da hab' ich Sie doch richtig eingeschätzt. Sie sind Polizist, nicht wahr?«

Ich sah ihn an und schmunzelte. Mein Boot lag noch dort, wo ich es vertäut hatte. Die Sonne ging unter.

Der Kerl am Landesteg kippte schnell und geräuschlos um. Er wollte nach seiner Waffe greifen, als er mich erblickte, und ich erledigte ihn mit einem harten Schlag. Der andere in dem modischen grauen Anzug mit dem Gewehr auf den Knien, das so gar nicht zu ihm passen wollte, bereitete ebensowenig Mühe.

In etwa zweihundert Meter Entfernung ragte das Dach der Villa über die Baumwipfel. Ich drang zum Hauptgebäude vor und benutzte den Hintereingang. Es war schon so dunkel, daß genügend Schatten mir Deckung boten. Das Haus über mir war strahlend hell. Ich hörte Jubel, Trubel und Musik, kreischende Stimmen von Frauen und die tieferen der Männer.

Ich wählte den direkten Weg zum Ziel. Ich griff mir ein Mädchen in Torerohosen, als sie Eis aus dem Kühlschrank holen wollte. Sie war schon viel rumgekommen, vielleicht nicht in Jahren gerechnet, aber in Zeit, die nicht mit dem Kalender berechnet wird. Sie wußte, daß sie nur einen Fußbreit neben ihrem Grab stand, und als ich sie fragte: »Wo ist Simpson?«, versuchte sie weder zu schreien noch zu lügen noch sonst etwas.

Sie sagte nur: »Ganz oben«, und wartete auf das, was kommen mußte. Ich verfrachtete sie in einen Sessel. Eine Stunde etwa mußte sie so sitzen bleiben. Wenn sie jemand sah, würde er denken, sie schliefe.

Es dauerte zwanzig Minuten, bis ich mir Klarheit über die Situation in den unteren Stockwerken verschafft hatte.

Was mich zunächst stutzen ließ, war die Atmosphäre im Haus. Sie war zu ausgelassen und fröhlich. Nach einem Weilchen begriff ich jedoch: Die Arbeit war getan, die Entscheidungen gefallen, und nun wurde gefeiert.

Mein Magen wurde zum Eisklumpen, als ich dran dachte, was ich möglicherweise oben vorfinden würde.

Ich war im Handumdrehen im obersten Geschoß. Hier hörte man kein Stimmengewirr mehr und roch auch keinen Zigarrenrauch. Ich stand an der Treppe im Korridor und blickte dorthin, wo zwei Türen in seiner Wand waren. Zu meiner Linken konnten nur kleinere Räume liegen, weil das Haus hier gleich zu Ende war. Rechts hingegen, so überlegte ich, mußte ein nahezu gleich großer Raum wie der Saal unten sein.

Und dann hatte es sich. Was sollte ich dagegen unternehmen? Nichts. Der Lauf in meinem Rücken sagte alles.

Aber Lennie Weaver sagte überflüssigerweise: »Hallo, Strolch.«

Und hinter Lennie sagte einer: »Wer ist denn das, Len?«

»Ein kleiner Fisch, der uns schon lange in die Suppe spucken möchte. Er wußte wohl nicht, worauf er sich einließ.« Der Revolver schubste mich. »Geh weiter, Simpel. Letzte Tür links. Mach sie auf, geh rein, hübsch langsam alles — oder es ist aus.«

Der andere meinte: »Was will er denn hier?«

Ich hörte Lennie lachen. »Er ist verrückt. Weißt du nicht mehr, wie er gegen Nat und mich eingestiegen ist? Sie versuchen alles, nur um ins Geschäft zu kommen. Er ist der Schuft, der mit Benny Quick gearbeitet und ihn dann verpfiffen hat.«

Wir gelangten an die Tür und gingen hinein und standen herum, bis der dicke Mann am Schreibtisch mit Schreiben fertig war. Als er aufblickte, sagte Lennie: »Mr. Simpson, hier ist der Kerl, der den ganzen Stunk in der Stadt angezettelt hat.«

Dies also war Mr. Simpson. Mr. Simpson, der hier nur mit seinem zweiten Vornamen bekannt war. Den Mr. Simpson mit seinem vollen Namen hingegen kannte jeder. Man brauchte sich nur an die letzten Wahlkongresse erinnern oder an gewisse fünf Prozent oder an die politischen Skandale während der vorhergehenden Legislaturperiode. Wirklich, jedermann kannte Mr. Simpson — unter seinem vollen Namen.

Das feiste Mondgesicht blieb unbewegt. Die Augen blinzelten nur einmal, und der Mund sagte: »Wißt ihr, wer's ist?«

»Klarer Fall.« Lennies Lachen knirschte. »Al Braddock. Wie Benny Quick sagt, hat er irgendwo etwas aufgeschnappt und wollte damit einsteigen. Er wollte einfach nicht aufgeben, Mr. Simpson. Wollte unbedingt rein ins Geschäft. Aber keiner hat ihm den Gefallen getan. Sie wissen nämlich alle, was ihnen blüht. Was sollen wir mit ihm machen, Mr. Simpson?«

Simpson lächelte beinahe. »Nun, legt ihn doch um, Lennie«, sagte er und vertiefte sich wieder in seine Bücher.

Mein Tod sollte eine stille Angelegenheit werden. Sie hatten mir die Hände auf den Rücken gebunden und führten mich in den Hof hinterm Haus.

»Warum will ein Wicht wie du nur unbedingt in solche Geschäfte rein?« fragte Lennie. »Warum gehst du so leichtsinnig mit deinem Leben um?«

»Wegen einer Puppe, Freund«, sagte ich. »Ich bin verrückt auf sie.«

»Auf wen?« Seine Stimme klang ungläubig.

»Auf Dari Dahl. Ist sie drin?«

»Du spinnst wirklich, Freundchen«, sagte er. »Und wie. In zehn Minuten hat deine hübsche Puppe ihren großen Auftritt, und wenn er vorbei ist, wird sie nie mehr so, wie sie mal war. Sie verdient sich einen Tausender da oben, aber, mein lieber Mann, sie muß auch was dafür leisten. Ich kenne die Sorte, die's übersteht – und sie gehört nicht dazu.« Er lachte erneut. »Aber vielleicht bringt man sie dorthin, wo die roten Lämpchen brennen, wenn sie ihre Bekannten nicht wiedersehen will. Da findet sich immer noch einer, der's ihr zum zweitenmal verpaßt.«

»Schade«, sagte ich. »Aber was vorbei ist, ist vorbei. Wie für eure Freunde am See.«

»Was?« sagte Lennie.

»Am See hab' ich zwei umgelegt.«

Der Kleinere begriff schneller. »Verdammt, er ist gar nicht über die Mauer gestiegen, Len. Er ist den Pfad raufgekommen. Wenn das der Boss erfährt, röstet er uns. Eine ganze Seite ist ja jetzt unbewacht, wenn er die Wahrheit sagt.«

Lennie ließ sich nicht so leicht ins Bockshorn jagen. »Mach nicht gleich in die Hosen, Moe. Wir sehen nach. Ob er lügt oder nicht, jedenfalls besorgen wir's ihm. Vielleicht machen wir uns sogar einen Spaß draus. Wir ertränken ihn dann eben.«

»Sei vorsichtig, Len, der Kerl ist nicht auf den Kopf gefallen.«

»Wenn er zwei Kanonen im Rücken hat und die Hände nicht bewegen kann, hilft ihm das nichts.« Er verzog verächtlich den Mund. »Ohne Tritt marsch.«

Zeit, nur Zeit. Jede Zeit, immer Zeit. Zeit bedeutete Leben.

Zeit bedeutete Dari. Wenn ich Zeit hatte, konnte ich denken und planen und handeln.

Dann schenkte mir jemand Zeit.

Irgendwoher aus dem Dunkel kam Ruth Gleason gelaufen und rief: »Lennie, Lennie – tu mir das nicht an, bitte!« Sie warf sich ihm an den Hals.

Er stieß einen Fluch aus, und ich hörte, wie er sie schlug. »Der Teufel hole diese Flittchen, man kriegt sie nicht mehr los.«

Ruth schluchzte, versuchte aufzustehen, ihre Worte waren kaum zu verstehen. »Bitte, Lennie – sie geben mir nichts mehr. Sie haben mich ausgelacht und rausgeworfen.«

Ich rührte mich nicht. Jede Bewegung hätte mir eine Kugel eingebracht, folglich rührte ich mich nicht von der Stelle. Ich sah, wie Ruth sich wieder erhob, wie sie stolperte, am ganzen Körper zitterte. Sie stützte sich auf einen Spazierstock, den sie irgendwo aufgelesen hatte. Ich sah die Tränen auf ihren Wangen.

»Lennie – ich will ja alles tun. Alles. Bitte, du hast gesagt, du liebst mich. Sie sollen mir eine Spritze geben.«

Lennie sagte zwei Worte.

Es waren seine letzten.

Plötzlich stürzte sie sich auf ihn, den Stock in beiden Händen. Ich sah, wie er ihm gleich einem Schwert in den Leib drang, und hörte Lennie gräßlich aufbrüllen. Er fiel um und starb, und sie schlug in irrsinniger Wut weiter auf ihn ein.

Der andere eilte auf sie zu, wollte sie wegreißen – und vergaß mich. Meine Hände waren gefesselt, meine Füße aber nicht. Mit drei Tritten hatte ich ihn erledigt.

Ruth schlug noch immer auf die Leiche ein, begriff gar nicht, daß Lennie schon tot war.

»Ruth, ich kann dir eine Spritze besorgen«, sagte ich.

Die Worte rüttelten sie auf. Sie sah mich an, ohne mich richtig zu sehen. »Du...?«

»Bind mich los, schnell!«

Ich drehte mich um und fühlte ihre Finger an den Knoten nesteln und meine Hände befreien.

»Jetzt besorgst du mir eine? Bitte?«

Ich nickte und schlug zu. Später sollte sie ihre Spritze kriegen. Vielleicht bekam man sie auch wieder so weit, daß sie nie mehr eine brauchte. Später würde ich für alles sorgen, denn sie hatte mir Zeit geschenkt, und ich würde sie nicht vergessen.

Der Kleine hatte eine .32er, die wollte ich aber nicht. Lennies .45er gefiel mir besser, und sie paßte zu meiner Hand wie ein Handschuh. Mein Zeigefinger entdeckte die vertraute Kerbe am Griff – ich hatte meine eigene Waffe wiedergefunden, und nun wußte ich, daß Lennie die volle Wahrheit gesprochen hatte, was Dari betraf.

Sie hatte es versucht, und es war ihr mißlungen. Man hatte ihr die Waffe abgenommen – und nun bekam sie ihren Lohn.

Diesmal ging ich erst nach reiflicher Überlegung vor. Ich wußte, wie ich es anzufangen hatte. Ich lief hundert Meter weiter bis zu dem Kerl im grauen Anzug, las sein Gewehr vom Boden auf und holte noch vier Reservepatronen aus seiner Tasche. Dann ging ich zum Haus zurück.

Nichts hatte sich verändert. Sie tranken und lachten noch immer, fühlten sich sicher.

Ich entdeckte den Siebentausend-Liter-Heizöltank draußen über der Erde, zerbrach ein fingerdickes Kupferrohr und ließ das Öl in die Whiskyflaschen vom Müllplatz rinnen. Ich brauchte nicht oft zu gehen, um die Büsche rund ums Haus anzufeuchten. Sie waren schon herbstlich trocken, die Blätter dürr. Eine große Pfütze war bereits aus der Leitung geflossen, aus ihr lief das Öl auf die Einfahrt vor dem Haus.

Mehr brauchte ich nicht zu tun. Ich nahm zwei Flaschen, füllte sie und drehte zwei Streifen von meinem Hemd zu Lunten. Die Flaschen gaben explosive Molotow-Cocktails ab, wenn es mir gelang, sie vorm Verlöschen zu bewahren. Der Trick bestand in einem genügend langen Docht, damit kein ausfließendes Öl die Flamme ersticken konnte. Benzin wäre besser gewesen, aber so ging es auch.

Dann war ich bereit.

Nur nichts überstürzen. So tun, als sei alles ganz normal. Ich hustete, schneuzte mich und gelangte in den ersten Stock. Als der Posten mich erblickte, wollte er rufen. Er war bewußtlos, bevor er den Mund aufbekam.

Mr. Simpsons Büro war leer. Ich öffnete ein Fenster, brannte den Docht an der Whiskyflasche an und ließ sie fallen. Unter mir klirrte Glas, ein Flämmchen wurde rasch größer. Ich zog mich vom Fenster zurück.

Ich hatte noch genügend Öl bei mir. Ich ließ vor den beiden breiten Türen gegenüber von Simpsons Büro einen Teil davon in den Teppich sickern. Das Feuerchen loderte gleich auf. Aus dieser Tür kam keiner mehr raus.

Unten rief jemand, ein zweiter Schrei folgte. Ich machte ein Fenster auf und stieg auf das Dach hinaus, das die Veranda des darunterliegenden Stockwerks überdeckte. Der Saal im obersten Geschoß war vollkommen verdunkelt. Schwere Vorhänge verdeckten die Fenster, und obwohl einige von ihnen der Belüftung wegen offen waren, drang kein Schimmer Licht heraus.

Ich stellte mich zwischen Fenster und Vorhang, der mich völlig verbarg, dann zog ich vorsichtig zwei der schweren Samtvorhänge ein Stückchen auseinander. Drinnen sah es aus wie in einem kleinen runden Theater, mit der Bühne in der Mitte. Ein ganz in Schwarz gekleideter Kerl bearbeitete Trommeln, das war die ganze musikalische Untermalung. Zwei andere in enganliegenden schwarzen Kostümen und mit Masken vor den Gesichtern schritten um den Tisch in der Mitte. Beide hatten lange dünne Peitschen, und wenn der Schlagzeuger das Tempo forcierte, knallten sie damit oder schlugen auf den Boden.

Sie war der Mittelpunkt. Man hatte sie auf den Tisch gebunden und ein seidenes Gewand über sie gebreitet.

Von meinem Standpunkt aus konnte ich die Stadt sehen – und die Lichter, die mit quälender Langsamkeit den Berg heraufkamen.

Unten schrien sie jetzt, ihre Stimmen kippten über, aber in dem Raum vor mir hörte keiner drauf. Sie achteten nur auf die Vorstellung, jeder hatte einen schmalen Gürtel in der Hand, mit dem sie ihr Vergnügen suchten, das sie anderswo und anderswie nicht mehr fanden.

Sie war bei vollem Bewußtsein. Gefesselt und geknebelt, wußte sie genau, was jetzt kam. Sie blickte auf die Gesichter ringsum – und sie sah auch, wie sich der Vorhang bewegte, wo ich stand. Ich ging das Risiko ein und öffnete den Schlitz so weit, daß sie mich erkennen konnte. Als sie hastig den Kopf abwandte, damit nicht noch jemand in die gleiche Richtung schaute, da wußte ich: Jetzt war's Zeit.

Der Raum besaß nur eine Tür, eine schmale auf der anderen Seite. Das war gegen jede brandpolizeiliche Vorschrift, und das würde ihnen nun übel bekommen. Ich entzündete den Docht der zweiten Flasche, ließ ihn in ganzer Länge aufflammen, dann sprang ich hinein und warf ihn quer durch den Raum.

Alles schien auf einmal zu passieren: die Schreie, die Rufe von draußen. Jemand brüllte und riß die breite Tür auf, und eine Flammenwand loderte ins Zimmer, vom Luftzug angefacht.

Harry Adrano kam. Ich schoß ihn nieder.

Calvin Bock kam. Ich schoß ihn nieder.

Sergej Rudinow kam. Ich erschoß ihn und nahm ihm die Aktenmappe ab und wußte, daß es in gewissen Kreisen nun einigen Wirbel geben würde.

Nur Nat Paley erkannte mich und wollte nach seinem Schießeisen greifen. Die anderen schrien wie wild und wollten durch die Flammen fliehen. Aber Nat sah es ähnlich, nach der Pistole zu langen, also erschoß ich auch ihn.

Ich befreite Dari, trug sie zum Fenster, das den einzigen Ausweg bot, und schob sie hinaus. Drinnen sprang der Bongotrommler schreiend durch die Flammen. Von weit her krachten Schüsse. Was auch noch passieren mochte: Die Schlacht war jetzt gewonnen.

Ich führte sie über das Verandadach, und obwohl alles andere zu brennen schien, war es hier kühl und ruhig.

Der Sprung war nicht schwierig. Ich fing sie auf, und wir gingen weg.

Am nächsten Tag würde einiges Seltsame geschehen, manche Leute würden Seltsames tun, und in der Politik würde es einen Ruck geben.

Aber jetzt sah Dari mich an. Ihre Augen sagten, daß sie mich liebe, ihre Lippen wollten etwas von mir — und hinter ihrer Stirn saß die Angst, weil sie glaubte, ich gehöre zu diesen Leuten. Weil sie nicht wußte, daß ich Agent war. Aber ich hatte ja nun alle Zeit auf Erden, ihr die Wahrheit zu erzählen.

James Melville

Lohn des Zen

Ein japanischer
Polizeiroman

ein Ullstein Krimi

Unheilige Dinge geschehen in einem Zen-Tempel nahe der japanischen Stadt Kyoto. Der Priester frönt ungeniert der Fleischeslust, in einem Koffer findet sich ein verdächtiges weißes Pulver, und schließlich kommt einer der ausländischen Zen-Schüler unfreiwillig ins Nirwana. Superintendent Tetsuo Otani und seine Kollegen von der Polizeipräfektur Hyogo haben alle Hände voll zu tun, wenn sie sich den Lohn des Zen verdienen wollen.